Une Fille en or

Philippe Nessmann

Une fille en or

Flammarion jeunesse

DU MÊME AUTEUR :

Dans la collection « Héroïnes de l'Histoire » :

Sacagawea, une femme indienne, 2021
Lucie Aubrac, résistante, 2021
La Fée de Verdun, 2020

Dans la collection « Découvreurs du monde » :

Mission Apollo 13, 2019
Le Tour du monde de Magellan, 2019
Dans la nuit de Pompéi, 2017
Dans les pas de Toutankhamon, 2014
Vers les mers glacées du pôle Nord, 2014
Les Exploits de l'Aéropostale, 2013
Le Voyage de Marco Polo, 2011
À la recherche du fleuve sacré, 2007

Crédits photographiques : p. 319 © Library of Congress/
Corbis/VCG via Getty Images ; p. 321 © Central Press/
Hulton Archive/Getty Images

87, quai Panhard et Levassor – 75647 Paris Cedex 13
ISBN : 978-2-0814-9563-0

« Ce que la chenille appelle la mort,
le papillon l'appelle renaissance. »

Violette LeBon

Je meurs. J'ai dix-neuf ans et j'ai vécu ma vie à toute vitesse. Comme sur les pistes d'athlétisme. Je courais si vite que je les survolais presque. Et me voilà clouée au sol, écrasée, broyée par des tiges de métal et de bois. Cinquante kilos de douleur. Je n'aurais jamais dû monter dans ce fichu avion. J'aurais dû écouter ma mère. Au lieu de cela, je me suis disputée avec elle et suis partie en claquant la porte. Mourir fâchée contre sa mère, quelle terrible fin ! Je la revois dans sa cuisine, pleine de tendresse. Je revois papa. Je revois notre maison. Il paraît qu'on repasse le film de sa vie juste avant de mourir. Je suis donc en train de mourir.

PREMIÈRE PARTIE

AVANT

Chapitre premier

Retour à la maison

Je revois notre maison à Riverdale.

Pour la rejoindre depuis la gare, le plus simple est de prendre la sortie sud, puis de tourner à gauche sous le pont et de remonter la 138e Rue vers l'est. Notre quartier ressemble à tous les quartiers de la banlieue sud de Chicago : des rues en damier, des maisons en bois plantées au milieu d'une pelouse, des petits immeubles collectifs en brique rouge. Un coin triste à mourir.

Je me revois rentrer à la maison, ce fameux soir d'hiver 1928. J'ai seize ans et je reviens du lycée. De nuit et dans le froid, le chemin depuis la gare est encore plus déprimant que de jour. Notre maison est le petit immeuble en brique de trois étages, à l'angle de State Street. J'insère ma clé dans la serrure, pénètre dans la cage d'escalier et allume la lumière.

Comme d'habitude, j'entends des cris derrière la porte de l'appartement du rez-de-chaussée : « Elle m'a tapée ! – Non, c'est elle qui a commencé. – Je ne veux pas savoir qui a commencé, séparez-vous ! » Ma grande sœur Evelyn, qui a vingt-sept ans, soit onze de plus que moi, se débat avec ses deux filles, en attendant la naissance de son troisième enfant. Frank, son mari, n'est pas encore rentré du travail.

Je grimpe quatre à quatre les marches jusqu'au premier étage. Avant d'ouvrir la porte, j'entends des cris provenant de l'étage au-dessus. « Range ta chambre ! – Mais elle est rangée ! – Tu appelles ça rangé ??? » Ma grande sœur Jeannette, qui a vingt-neuf ans, se débrouille comme elle peut avec son garçon, en attendant que son mari, Jim, rentre du boulot.

Voilà notre maison : un petit immeuble de trois appartements avec au rez-de-chaussée l'une de mes sœurs et sa famille, au deuxième étage mon autre sœur et sa famille, et en sandwich entre les deux mes parents et moi. J'ouvre la porte.

— C'est toi Betty ?

— Oui m'man.

Je jette mon cartable dans l'entrée, mon manteau sur un siège, et enlève mes chaussures. Dans la salle à manger, la table est déjà mise. Ma mère prépare le dîner dans la cuisine. Ça sent la soupe.

— M'man, tout à l'heure, en sortant du lycée, j'ai...

— Ne laisse pas traîner ton cartable dans le couloir, m'interrompt ma mère. On risque de trébucher. Range-le dans ta chambre !

Bonjour l'accueil ! Je prends mon sac et me dirige d'un pas rapide vers ma chambre.

— Qu'est-ce que tu disais ? me relance ma mère.

— Non, rien... Je vais faire mes devoirs.

Je m'enferme dans ma chambre avec la fâcheuse impression d'être traitée comme si j'avais l'âge de mes neveux...

Une heure plus tard, mon père rentre à la maison. Entre son travail à la banque, ses activités au sein de l'Association des Irlandais de Riverdale et le bénévolat à la paroisse, il n'est pas souvent là. Et quand il arrive, c'est le moment de dîner.

— À table ! crie ma mère.

Je sors de ma chambre, me lave les mains et m'assieds.

— Bonsoir p'pa.

— Bonsoir Betty.

Ma mère sert la soupe et s'assied à son tour.

— Vous avez passé une bonne journée ? demande mon père.

— Comme d'habitude, répond ma mère.

— Moi, il m'est arrivé un drôle de truc, dis-je.

— Ah oui, quoi ?

— Après les cours, je suis allée au club de théâtre du lycée. On répète la pièce de Shakespeare qu'on jouera en fin d'année. Comme c'était une scène un peu difficile, ça a duré plus longtemps que prévu. Du coup, je suis sortie en retard et quand je suis arrivée à la gare de Harvey, le train de 18 h 17 pour Riverdale venait juste de démarrer. Il ne roulait pas encore très vite et les portes arrière étaient ouvertes : le contrôleur n'était pas passé pour les fermer. Alors, j'ai couru pour tenter de le rattraper. Avec mon cartable et mes bottes, je n'allais pas très vite. Le train accélérait, et j'ai accéléré moi aussi. J'étais à bout de souffle en arrivant au bout du quai, mais j'ai réussi à sauter dedans.

— Pour résumer, sourit mon père, tu as failli rater ton train, mais tu l'as eu. Tu parles d'une aventure !

— En plus, renchérit ma mère, tu as pris des risques pour rien. Tu aurais très bien pu prendre le suivant...

— Attendez, c'est pas fini ! Quand je me suis installée dans le wagon, un homme est venu s'asseoir à côté de moi. Sans sa blouse blanche, je ne l'ai pas reconnu tout de suite : c'était M. Price, mon professeur de sciences. Il m'a dit qu'il m'avait regardée courir sur le quai et qu'il avait rarement vu une fille aussi rapide. Il m'a demandé si je faisais de la course à pied. Je lui ai répondu que non... sauf pour rattraper les trains. Il m'a alors dit qu'en plus d'être prof de sciences, il s'occupait du club d'athlétisme pour les garçons du lycée. Et il était très curieux de savoir à quelle vitesse j'étais capable de courir. Il m'a proposé de me chronométrer demain après les cours. J'ai accepté. Je rentrerai sans doute un peu plus tard.

— Pas de souci, acquiesce mon père avant de changer de sujet, à partir du moment où tu nous préviens à l'avance...

Comment mes parents auraient-ils pu comprendre l'importance de ce train que j'avais failli rater ? À l'époque, moi-même j'ignorais que cette journée banale allait devenir le premier jour de ma « vraie » vie, celle que, sans le savoir, je voulais vivre.

Chapitre 2

Coup d'essai au lycée

Je me revois, le lendemain après les cours, dans les couloirs du lycée.

— Allez, à demain ! dis-je à Brittany, ma meilleure amie.

— Tu ne viens pas au club de latin aujourd'hui ?

— Non, je dois voir M. Price.

— Bah, qu'est-ce qu'il te veut ? Tu es très bonne en sciences...

— Il veut me chronométrer à la course à pied.

— À la course à pied ?

— Oui, il est aussi l'entraîneur du club d'athlétisme.

— Mais... les filles ne font pas de course à pied. Ah, j'ai compris : tu vas mater les garçons ! *Absit reverentia vero*[1], petite menteuse !

— Arrête, t'es bête !

1. Locution latine : « Ne craignons pas de dire la vérité. »

Je sors du bâtiment des lettres, traverse la pelouse centrale et rejoins le bâtiment des sciences. La nuit est déjà tombée et il fait très froid. La Thornton Township High School de Harvey, à cinq kilomètres au sud de Riverdale, est une sorte de campus formé de plusieurs bâtiments en pierre de taille. Je grimpe au deuxième et dernier étage. Le couloir est désert. Enfin presque : avec ses petites lunettes rondes sur le nez, un chronomètre et un sifflet autour du cou, M. Price est debout à l'une des extrémités. Un garçon que je ne connais pas, sans doute un élève de dernière année, est agenouillé à ses pieds.

— Ah, Elizabeth, nous vous attendions !

— Bonjour monsieur Price.

Le garçon se relève, un rouleau de ruban adhésif blanc à la main.

— Elizabeth, dit le professeur, je vous présente Robert Williams, mon assistant.

— Tu peux m'appeler Bob.

— Et tu peux m'appeler Betty.

M. Price désigne l'autre extrémité du couloir.

— Comme il fait trop froid pour courir dehors et que le gymnase n'est pas libre à cette heure-ci, nous allons faire l'essai ici. Nous avons collé un morceau de ruban adhésif à chaque bout du couloir. La distance entre les deux est de cinquante yards[1]. Avez-vous vos affaires de sport avec vous ?

— Oui, j'ai mon short et mes tennis dans mon sac.

— Alors allez vous changer dans la salle de sciences ! Il n'y a personne.

J'en ressors quelques instants plus tard en parfaite petite sportive.

— Savez-vous comment on prend un départ accroupi ?

— Non.

— C'est pas grave, vous partirez debout. Robert vous montrera comment faire. À mon coup de sifflet, vous courrez aussi vite que possible. Vous avez des questions ?

— Non.

— Eh bien allons-y !

Alors que M. Price marche jusqu'à l'autre bout du couloir, Bob me montre comment me positionner : jambe gauche en avant et légèrement fléchie, jambe droite en arrière, torse penché en avant avec le poids sur la jambe gauche, bras droit en avant.

— Lorsque le coach sifflera, tu pousseras très fort sur ta jambe gauche pour t'élancer, puis tu courras.

---

1. Unité de longueur anglo-saxonne.1 yard = 0,9144 mètre.

Je me mets en place et Bob corrige légèrement ma position. Soudain, une grappe d'élèves sort d'une salle de classe et me jette un œil étonné (eh bien quoi ? vous n'avez jamais vu une fille en short dans un couloir en plein hiver ?), avant de se diriger vers l'escalier. À l'autre bout du couloir, M. Price prend son chronomètre dans une main et son sifflet dans l'autre.

— À vos marques !... Prêt ?... *Trrrriiiit !*

Je m'élance et cours aussi vite que je peux. Les portes des salles de classe défilent sur les côtés. Lorsque je franchis la ligne d'arrivée, je me tourne vers M. Price, qui est penché sur son chronomètre et qui hausse les sourcils.

— Quelque chose ne va pas ? je lui demande.

— Euh... j'ai dû mal déclencher le chronomètre. Pourriez-vous refaire une longueur, s'il vous plaît ?

— Oui, bien sûr.

Je retourne vers Bob en marchant lentement pour reprendre mon souffle. Je me remets en position de départ.

— À vos marques !... Prêt ?... *Trrrriiiit !*

Je bondis et effectue une seconde longueur aussi vite que la première. À mon arrivée, M. Price a toujours la même attitude : il hausse les sourcils.

— Qu'est-ce qu'il y a ?

— Si j'en crois mon chronomètre, vous avez couru les cinquante yards en 6 secondes et 2 centièmes.

— Et ?...

Le visage rond du professeur se fend d'un grand sourire :

— Et c'est bien, fantastique même ! À un dixième de seconde près, c'est le record des États-Unis en intérieur ! Bon, bien sûr, mon chronométrage n'est pas réglementaire, mais c'est un temps exceptionnel, surtout sans échauffement ni entraînement...

M. Price jubile :

— Elizabeth, je vous confirme ce que j'ai pressenti hier en vous voyant courir sur le quai : vous avez un potentiel incroyable. Il faut absolument que vous fassiez de l'athlétisme. Venez au club et je serai votre entraîneur !

— Mais c'est un club de garçons...

— Eh bien, si vous venez, il y aura aussi une fille. Et une fille qui courra bien plus vite que beaucoup de garçons !

Chapitre 3

Préparatifs à Chicago

Je me revois le samedi suivant dans le train de banlieue qui mène à la gare de Randolph Street Station. En temps normal, lorsque je vais à Chicago, je ne peux m'empêcher d'admirer le changement progressif de paysage : d'abord la banlieue avec ses maisons individuelles éparpillées sur les pelouses et ses petits immeubles, puis les bâtiments de pierre qui grandissent et s'élancent vers le ciel, les rues bitumées qui s'élargissent et deviennent des avenues bordées d'arbres, les voitures automobiles, noires et bruyantes, de plus en plus nombreuses, la foule grouillante sur les trottoirs, les magasins chics au pied des immeubles et les restaurants, tous différents. La vie, quoi ! La vraie...

Cependant, ce samedi-là, je ne regarde pas le paysage qui défile de l'autre côté de la fenêtre, mais mon voisin de droite.

— Tu n'as pas eu trop de mal à convaincre tes parents ? me demande-t-il.

Je ne l'avais pas remarqué dans le couloir du lycée, mais Bob est un garçon plutôt mignon, avec son visage allongé, sa bouche finement dessinée, son regard ténébreux et ses cheveux bruns, joliment ondulés. Pour ne rien gâcher, il est grand et sportif : au lycée, il fait partie des équipes d'athlétisme et de football américain.

— Euh... si, bien sûr. Ils ont eu la même réaction que si je leur avais annoncé que je voulais piloter un avion, faire de la boxe ou d'autres trucs de garçon ! « Et ton club de couture ? s'est inquiétée ma mère, tu vas arrêter ? Et le latin, et le théâtre ? »

— En tout cas, tu ne dois pas arrêter le théâtre : je t'ai vue sur scène en juin dernier et tu joues super bien !

Je sens soudain mes joues picoter (pourvu que je ne rougisse pas !).

— Non, je vais continuer. J'ai promis à mes parents que je pouvais tout faire à la fois : garder mes bons résultats scolaires, poursuivre mes activités et faire de l'athlétisme. Et la lettre de M. Price a fini de les convaincre. Quand un professeur vous dit que votre fille est douée – même si c'est pour la course à pied –, vous avez très envie de l'écouter !

De l'autre côté de la fenêtre, les immeubles se sont transformés en gratte-ciel et la ville en fourmilière.

Le train arrive à son terminus dans le quartier du Loop, le cœur de Chicago, coincé entre la rivière du même nom et le lac Michigan. J'enfile mon bonnet et mon écharpe.

— Suis-moi ! me dit Bob. Je vais te montrer où c'est.

Lorsque nous sortons de la gare, je sens le froid polaire m'envelopper tout entière, mes doigts s'engourdissent immédiatement. Nous descendons Michigan Avenue vers le sud puis prenons Monroe Street vers l'ouest. Après une bonne dizaine de minutes de marche, nous nous arrêtons devant une vitrine exposant les vêtements à l'effigie des Chicago Bears et des Chicago Cubs, les équipes locales de football américain et de base-ball. Nous poussons la porte et entrons dans un immense bric-à-brac rempli de raquettes de tennis, de crosses de hockey, de battes de base-ball, de ballons de basket et de foot, de vêtements de sport, de chaussures... Le paradis du sportif !

Bob s'adresse au vendeur :

— Bonjour monsieur, nous voudrions des pointes pour le sprint.

— Bien sûr, quelle est votre pointure ?

— En fait, ce n'est pas pour moi : c'est pour mademoiselle.

— Ah... c'est que... nous n'en avons pas pour les dames...

— Quelle est ta pointure, Betty ?

— 7,5.

— Auriez-vous cette pointure pour les hommes ?

Le vendeur réfléchit :

— Du 7,5 chez les femmes, cela fait du 6 chez les hommes[1]. Normalement, c'est la plus petite taille que nous ayons : je vais voir s'il m'en reste une paire en stock.

Le vendeur s'en va dans l'arrière-boutique et en revient avec une boîte à chaussures.

— Vous avez de la chance…

— Je peux les voir ? demande Bob.

Il prend la boîte et en sort une horrible paire de chaussures en cuir noir avec six pointes de métal sous la semelle, à l'avant. Il les inspecte sous toutes les coutures.

— Cela devrait faire l'affaire. Betty, peux-tu t'asseoir sur cette chaise ?

Je m'exécute. Bob s'agenouille et, avant que j'aie eu le temps de faire quoi que ce soit, il me prend le pied droit, retire ma botte et commence à enfiler la chaussure. Une foule de choses me traversent brusquement l'esprit. Mes chaussettes sont-elles propres, archi-propres ? Mon pied doit être trop gros, car Bob a du mal à mettre la chaussure. Le

1. Aux États-Unis, les pointures sont différentes pour les hommes et pour les femmes : une chaussure d'homme de taille 7,5 est plus grande qu'une chaussure de femme de la même taille.

Prince Charmant a certainement eu moins de problème avec Cendrillon. « Bob, quand vous en aurez fini avec mon pied droit, auriez-vous l'obligeance de vous occuper du gauche ? » Aahh, toutes ces pensées me font encore monter le sang aux joues, alerte rouge ! Heureusement, Bob et le vendeur n'ont d'yeux que pour mes pieds et ne remarquent rien.

— C'est bon, se réjouit Bob.

Je regarde mon pied : le cuir le compresse si fort que mes orteils apparaissent en relief...

— Ne sont-elles pas trop petites ?

— Non, c'est normal. La chaussure doit mouler le pied. Si les deux ne font plus qu'un, tu as de meilleures sensations lorsque tu cours, tu sens mieux la piste.

— Ah... Et la semelle n'est-elle pas trop dure ?

— Au contraire, plus elle est rigide, plus elle agit comme un ressort qui t'aide à rebondir à chaque foulée.

Bob me met l'autre chaussure, puis me demande de me lever.

— Comment tu te sens ? Je pense qu'elles sont à la bonne taille.

Je me regarde dans un grand miroir. Ou plutôt : je nous regarde, Bob et moi, dans le miroir. Il est vraiment beau garçon, grand et musclé, l'œil vif, les traits réguliers. Tout ce que j'aime. Moi, à ses côtés, je me sens... grande et maigre. Une allumette... Sans les fesses ni les seins des pom-pom girls du lycée, ces aimants à garçons ! Il n'y a que mon visage que j'aime bien, ma nouvelle coupe de cheveux au carré, mes yeux en amande et mes dents blanches. Maman me répète souvent que, lorsque je souris, je deviens lumineuse. Alors je souris tout le temps.

— En tout cas, ces chaussures ont l'air de te remplir de joie. Tu les prends ?

— Oui, elles sont moches comme je les aime !

Je les enlève et accompagne le vendeur à la caisse.

Au moment de payer, je prends soudain conscience de la bizarrerie de la situation : je suis une fille qui achète des chaussures d'homme pour faire de l'athlétisme dans un club de garçons...

Le vendeur remarque mon air dubitatif :

— Vous les prenez ?

Je repense alors à la tête qu'a fait le professeur Price en regardant son chrono, et j'essaie d'imaginer celle qu'il ferait si j'améliorais mon temps grâce à ces chaussures.

— Oui, je les prends !

Chapitre 4

Entraînement au gymnase

Le lundi suivant, après les cours, je marche d'un pas rapide vers l'inconnu. Enfin, pas tout à fait l'inconnu, puisque je me rends au gymnase du lycée. Mais j'ignore ce que je vais y trouver.

« Des garçons, m'a répété un peu lourdement ma copine Britt toute la journée, des garçons, des garçons, des garçons ! – Arrête, j'y vais pour courir, tu le sais bien. – Oui, courir après les garçons. » Heureusement, je ne lui ai pas parlé de Bob...

En poussant la porte du gymnase, j'ai le même pincement au cœur que lorsqu'on arrive dans une nouvelle école, après un déménagement (je dis ça, mais j'ai toujours vécu dans la même maison...). Au centre du terrain de basket, le professeur Price, en costume de ville, est entouré d'une quinzaine de garçons en survêtement, en train de faire des étirements. Je reconnais Dick et Sean, deux élèves de ma classe, ainsi que Bob. Soudain, l'un des garçons m'aperçoit, arrête son mouvement et met un coup de coude à son voisin, qui me regarde à son tour. Rapidement, quinze paires d'yeux me dévisagent. Avec un temps de retard, M. Price m'aperçoit enfin.

— Eh bien quoi ? lance-t-il aux garçons. Vous n'avez jamais vu une jeune fille ? Pour ceux qui ne la connaissent pas, je vous présente Elizabeth Robinson, élève de troisième année[1]. Elizabeth va nous rejoindre au club d'athlétisme.

Silence dans le groupe. Je n'arrive pas à en déterminer la cause : gêne ? timidité ? mécontentement ? Cela me met mal à l'aise.

— Mademoiselle Robinson, poursuit le professeur, allez vous mettre en tenue dans le vestiaire des filles !

J'obéis et, lorsque je reviens, les garçons éclatent de rire en m'apercevant. Même le professeur Price sourit :

— Les chaussures à pointes, c'est pour la piste extérieure. Ici, ça abîmerait le parquet. Vous avez pris des chaussures de sport ?

— Oui.

— Alors allez les mettre !

Quand je reviens, je me joins au groupe et essaie de faire au mieux les exercices. Comme je n'ai pas

1. Aux États-Unis, le lycée dure quatre ans : les élèves de troisième année sont appelés les « juniors » et ceux de dernière année les « seniors ».

l'habitude de réaliser certains gestes, je suis parfois un peu maladroite. Certains garçons m'observent du coin de l'œil, goguenards. Les autres m'ignorent tout bonnement. Je me demande si j'ai bien fait de venir...

À la fin de l'entraînement, je découvre qu'il y a une petite tradition au club : chaque séance se termine par une course de cinquante yards. Il y a d'abord deux demi-finales, puis la finale des perdants et celle des gagnants. Nous formons donc deux groupes. Les garçons de mon groupe s'accroupissent pour le départ. Moi, ne sachant comment me placer pour un départ accroupi, je préfère rester debout. Dès le coup de sifflet, je prends tellement de retard qu'il m'est impossible de défendre mes chances : je finis bonne dernière de ma demi-finale, puis bonne dernière de la finale des perdants...

Alors que je regagne le vestiaire des filles, le professeur Price me rejoint.

— Elizabeth, j'ai peut-être fait une petite erreur en vous demandant de commencer l'entraînement en cours d'année. Comme vous ne connaissez rien au sprint, vous pouvez difficilement vous intégrer au groupe.

Je suis un peu déçue, mais je sais qu'il a raison : j'ai bien compris que je n'avais pas ma place dans l'équipe.

— Vous voulez que j'arrête ?

— Non, bien sûr que non ! Mais si vous êtes d'accord, j'aimerais vous donner deux ou trois leçons particulières pour vous apprendre les bases de la course à pied. Mercredi, la météo devrait être clémente et nous pourrons aller sur la piste extérieure. Seriez-vous disponible à 15 heures ?

— Euh... oui.

— Alors rendez-vous à 15 heures sur la piste. Et avec les pointes, cette fois-ci !

Le mercredi suivant, le soleil brille. Le temps d'enfiler mon survêtement et mes chaussures de course, j'arrive avec cinq minutes de retard. Le professeur Price m'attend sur la piste de course qui entoure le terrain de football. Détail saugrenu : une truelle dépasse de la poche de son manteau.

— Bonjour Elizabeth, vous êtes en retard.

— Bonjour monsieur. Désolée, j'ai eu du mal à enfiler mes pointes.

— La prochaine fois, il faudra arriver à l'heure. Si vous vous présentez à une course avec une minute de retard, tout ce qu'il vous reste à faire, c'est féliciter la gagnante.

— Je serai à l'heure, promis !

— Alors, par où commencer ?... Vous devez d'abord savoir que les courses se courent sur différentes distances : 50 yards, 60 yards, 100 yards, 220 yards... Et, pour compliquer le tout, lors de compétitions internationales comme les Jeux olympiques, on n'utilise pas le système de mesures anglo-saxon, mais le système métrique : il y a le 100 mètres, le 200 mètres, le 400 mètres... Mais ça ne vous concerne pas : les femmes ne participent pas aux épreuves olympiques d'athlétisme.

Le professeur se gratte le crâne, parsemé de quelques cheveux ; il a un peu l'air d'un savant fou qui se perd dans ses pensées.

— Bon, tout ça pour dire qu'il existe de nombreuses distances possibles, mais toutes ont en commun ceci : les courses se déroulent en quatre phases. D'abord, le départ, puis l'accélération, la course à pleine vitesse, et enfin l'arrivée. Aujourd'hui, nous allons étudier le départ... Suivez-moi !

Nous nous dirigeons vers une ligne marquée sur le sol. Le professeur se place derrière et sort de sa poche un mètre ruban de couturière, un carnet et un crayon de papier.

— Vous permettez que je prenne quelques mesures ?

— Oui, bien sûr.

Il mesure ma hauteur, la longueur de ma cuisse et de ma jambe, puis se lance dans une série de calculs.

— ... je pose deux et je retiens un, marmonne-t-il. Excusez-moi, c'est plus fort que moi. Chassez le scientifique, il revient au galop !... Vous êtes droitière ?

— Oui.

Le professeur s'agenouille et mesure deux distances à partir de la ligne de départ. Puis il saisit la truelle qui dépassait de la poche de sa veste et se met à creuser deux trous.

— Notez bien la position des trous par rapport à la ligne : la prochaine fois, c'est vous qui les creuserez ! Ils servent à caler les pieds, pour qu'ils ne glissent pas au moment du départ.

— La piste est en terre ?

— Non, c'est de la cendrée, une sorte de millefeuille avec une épaisseur en terre battue, puis du mâchefer et enfin de la cendre...

Il se relève et me demande de me placer derrière la ligne.

— L'ordre de départ est donné par un homme appelé le starter. Quand il dit « À vos marques ! », vous vous agenouillez, placez vos pieds dans les trous et vos mains juste derrière la ligne... comme ceci.

Le professeur me montre comment me placer.

— Ensuite, lorsque le starter dit « Prêt ? », vous prenez une grande respiration, redressez votre bassin et vous vous penchez en avant. Le poids de votre corps repose alors en partie sur vos bras tendus.

Je fais ce qu'il demande.

— Enfin, au coup de sifflet – dans les compétitions officielles c'est un coup de pistolet –, vous poussez de toutes vos forces sur vos deux jambes, mais un peu plus sur la gauche, pour vous propulser vers l'avant. On fait quelques essais ?

— D'accord !

Je me mets en position.

— À vos marques !... Prêt ?... *Trrrriiiit !*

Je me propulse en avant et bondis. Après une dizaine de pas, M. Price siffle à nouveau et me demande de me remettre en position. Je recommence l'exercice une vingtaine de fois et, chaque fois, le professeur corrige des petites choses. Par rapport au départ debout, c'est une sensation très spéciale : grâce aux pieds plantés dans les trous et aux pointes sous les chaussures, j'ai l'impression d'être ancrée au sol. Puis lorsque je pousse violemment, je jaillis comme un félin ! C'est une incroyable sensation de puissance. Un vrai plaisir !

« Lorsque je dis "Prêt ", m'explique le professeur, ne regardez pas la ligne d'arrivée ! Ça vous tord inutilement le cou. Regardez un ou deux mètres devant vous, pas plus loin. »

« Plus explosif, le départ : vous devez être comme un ressort tendu à bloc, qui attend le coup de sifflet pour se détendre brusquement ! »

« Attention, vos doigts ne doivent absolument pas toucher la ligne, sinon le starter vous rappellera à l'ordre. »

« Là, vous êtes partie trop tôt. C'est un faux départ. Si cela se produit, le starter stoppe la course et donne un nouveau départ. Si vous êtes responsable de deux faux départs dans une même course, vous êtes disqualifiée. »

Après trois quarts d'heure, M. Price me dit que l'entraînement est terminé et me donne rendez-vous le lundi suivant, pour une séance dans le gymnase avec les garçons. Je regrette que ce soit déjà fini : j'aurais bien aimé que le professeur me chronomètre sur 50 yards, histoire de savoir si j'ai progressé...

Ce sera pour la prochaine fois.

Le lundi suivant, je suis prête avec dix minutes d'avance : d'abord, parce que je ne veux pas être en retard, ensuite, parce que je suis pressée de m'entraîner.

Les garçons, qui arrivent au compte-gouttes dans le gymnase, se regroupent un peu plus loin et discutent entre eux.

— Tu viens ? dit une voix dans mon dos.

Je me retourne et souris.

— Ah, bonjour Bob. On va où ?

— Rejoindre les autres !

Je le suis jusqu'au groupe de garçons, qui se taisent subitement.

— Bonjour ! leur dis-je.

— Bonjour Betty, répond Dick, celui qui est dans ma classe.

— Salut.

— Salut toi ! lance un garçon blond en prenant une voix particulièrement grave et en me mettant une petite tape dans le dos.

C'est Carl, un élève de dernière année. Je ne comprends pas pourquoi il me salue comme ça. Je sais qu'ils le font entre garçons, mais je n'ai jamais vu un garçon faire ça à une fille. Est-ce qu'il sous-entend que, puisque je fais de l'athlétisme dans un club de garçons, j'en suis moi-même un ? Je ne sais pas comment réagir...

— Bonjour tout le monde.

Ah ! sauvée par le coach !

— Allez, échauffement ! Dix tours de gymnase pour commencer.

Lors de la séance, nous faisons toutes sortes d'exercices. Le coach Price dépose par exemple une vingtaine de cerceaux sur le sol et il faut courir en mettant un pied dans chaque cerceau. Les garçons ne m'adressent pas la parole de toute la séance. Heureusement, Bob est là pour les exercices à faire en binôme.

— Eh bien les garçons, finit par demander le professeur Price, que se passe-t-il aujourd'hui ? Je vous trouve bien silencieux... Est-ce la présence de Mlle Robinson ?

Silence gêné dans le groupe.

— C'est que, finit par lâcher l'un d'eux, on n'est pas habitués... C'est un club de garçons...

— Ça l'était, en effet, jusqu'à l'arrivée d'Elizabeth ! Les vestiaires étant séparés, ce n'est pas un problème.

— Mais monsieur, dit Carl, l'athlétisme est un sport de compétition...

— Oui, et alors ?...

— Alors c'est vous-même qui l'avez dit : pour être bon compétiteur, il faut une volonté de fer, une grande résistance à l'effort et une capacité à endurer la souffrance.

— Choses que, selon vous, les femmes n'ont pas ?

— Bah... non ! En tout cas pas autant que les hommes.

Les autres garçons opinent de la tête.

— Je n'ai pas dit que les femmes n'avaient pas de qualités, nuance immédiatement Carl. Elles en ont même plusieurs que les hommes n'ont pas : elles sont par exemple méticuleuses et délicates.

— C'est pourquoi, toujours selon vous, elles font de la couture et vous de l'athlétisme... Et, lorsqu'elles veulent faire du sport, elles ont le choix entre la natation, la gymnastique, la danse ou à la limite le tennis et le basket, mais à condition de les considérer comme des loisirs et non comme des compétitions. C'est bien cela ? Elizabeth, qu'en pensez-vous ?

Pourquoi me demande-t-il ça ? Je suis déjà si mal à l'aise face au groupe de garçons. Bien sûr, ce qu'ils disent est complètement stupide, digne d'hommes des cavernes. En les entendant, j'hésite entre leur rentrer dans le lard et fuir pour ne pas être éclaboussée par leur bêtise ! Mais si je veux m'intégrer dans le groupe, je dois faire profil bas...

Les garçons me dévisagent avec mépris.

Devant mon silence, le professeur clôt la discussion :

— Allez, suite et fin de l'entraînement ! En place pour le 50 yards !

Mais je n'ai pas le cœur à me battre et, comme lors du premier entraînement, je finis dernière de ma demi-finale, puis de la finale des perdants.

Alors que, la tête basse, je rejoins mon vestiaire, je repense à la question que m'a posée le professeur. Bien sûr, les femmes sont aussi compétitrices et aussi dures au mal que les hommes ! Elles l'ont prouvé mille fois au cours de l'Histoire : j'aurais dû parler des exploits de l'alpiniste Fanny Bullock Workman, de la championne de tennis Suzanne Lenglen ou de l'aviatrice Amelia Earhart... Pourquoi les bonnes réponses me viennent-elles toujours *après* la fin des discussions ?

— Elizabeth, s'il vous plaît !

Le professeur Price me rejoint :

— Je peux vous parler deux secondes ?

Je prends les devants :

— Les garçons n'ont pas l'air de vouloir une fille dans leur club ! Ils pensent que les femmes ne sont pas fortes. Ils n'ont sans doute jamais entendu parler de Fanny Bullock Workman, Suzanne Lenglen et Amelia Earhart...

— Si, au contraire ! Ils connaissent ces femmes remarquables et le problème vient justement de là : ils en ont peur. À quelques exceptions près, ils crèvent de peur de voir des femmes faire aussi bien qu'eux, voire mieux. Alors ils veulent que rien ne change et que, comme au XIXe siècle, hommes et femmes aient des activités séparées. Comme ça, pas de risque de se faire battre...

— Peut-être...

— Avez-vous envie de faire de l'athlétisme, Elizabeth ?

— Je ne sais pas... Jeudi dernier, quand vous m'avez chronométrée dans le couloir du lycée, j'en avais très envie. Et avant-hier, quand vous m'avez appris le départ accroupi, j'ai vraiment adoré... Mais là, je ne sais plus. J'ai pas envie de me battre pour me faire une place dans le club.

— Mais il faut se battre pour devenir un champion ! Contre soi-même, contre le chrono, contre ses adversaires, contre le vent, parfois contre des spectateurs bruyants... Et pour devenir une championne, il faut se battre encore plus durement : l'athlétisme a longtemps été un sport d'hommes, alors il faut lutter contre les préjugés et le regard des autres. Moi, je sens en vous le potentiel pour devenir une grande championne, mais êtes-vous prête à vous battre pour ça ?

Je ne sais pas. Je jette un œil aux garçons, qui rejoignent leur vestiaire après avoir rangé le matériel. Carl me lance un regard méchant et Bob un clin d'œil discret.

J'ai ma réponse :

— Oui, professeur Price, je suis prête !

Le mercredi suivant, le temps est couvert mais la température clémente pour une fin d'hiver. Je retrouve le coach sur la piste extérieure pour ma deuxième leçon de rattrapage.

— Aujourd'hui, m'explique-t-il après une série d'échauffements et d'étirements, nous allons étudier la deuxième phase du sprint : l'accélération. Élève Robinson, quelle est la définition scientifique de l'accélération ?

— L'accélération est la variation de la vitesse par rapport au temps, dis-je d'une manière un peu mécanique, comme si j'étais interrogée devant le tableau noir.

— Excellente réponse ! sourit-il. La phase d'accélération se situe donc entre le départ, où votre vitesse est nulle, et le moment où vous atteignez votre vitesse de pointe. Pendant cette phase, votre corps se redresse progressivement. Juste après le départ, il fait un angle de 45 degrés avec le sol. Vous êtes donc en déséquilibre, sur le point de tomber en avant. Pour éviter cela, vous n'avez qu'une solution : pousser très fort sur vos jambes pour vous redresser, foulée après foulée. Résultat : vous accélérez. À la fin de cette phase, votre position est presque verticale et vous avez atteint votre vitesse maximale. Allez, en piste !

Je me mets sur la ligne de départ, creuse dans le sol les deux trous pour y caler mes pieds et attends le signal.

— À vos marques !... Prêt ?... *Trrriiiit !*

Je bondis, pousse sur mes deux jambes, accélère, me redresse, atteins ma vitesse maximale... *Trriiit !...* et m'arrête.

— C'est pas mal, mais vous avez accéléré trop vite !

— Trop vite ?! Mais c'est pas ce qu'on demande à un coureur, d'aller vite ?

— Non : on lui demande de franchir la ligne d'arrivée en tête. Nuance ! Le problème – et là c'est votre professeur de biologie qui parle –, c'est que les muscles ont besoin d'oxygène et d'énergie pour fonctionner. Or, l'expérience montre qu'après six, sept ou huit secondes à pleine vitesse, ils ont brûlé toutes leurs réserves. Et que font-ils alors ?

— Ils arrêtent de fonctionner ?

— Non, pas tout à fait, ils continuent, mais au ralenti. Sur un 50 yards, ce n'est pas un problème : comme la course dure moins de sept secondes, vous pouvez accélérer aussi rapidement que vous le voulez puis aller à fond jusqu'à la ligne d'arrivée : vos muscles auront toujours assez de carburant pour l'atteindre. Sur un 100 yards, en revanche, vous devez doser votre effort. Comme la course dure plus de douze secondes, si vous accélérez comme une flèche, vous finirez au ralenti et vos adversaires vous battront sur le fil ! Pour éviter cela, il faut prolonger la phase d'accélération, moins gourmande en énergie.

J'écoute les explications du coach, absolument fascinée. Jusque-là, pour moi, courir, c'était juste mettre un pied devant l'autre et essayer d'aller le plus vite possible. Je découvre que c'est une technique, presque une science, et qu'on peut s'améliorer grâce à l'entraînement. Un monde inconnu et nouveau s'ouvre à moi. J'adore ça !

— Je recommence ? dis-je avec enthousiasme.

— Bien sûr ! Nous allons nous mettre dans la configuration d'un 100 yards. Je vais me placer au bord de la piste, à environ 40 yards de la ligne de départ. Dans l'idéal, si vous finissez votre phase d'accélération à cet endroit-là, il vous restera ensuite assez d'énergie pour franchir la ligne d'arrivée à fond.

Je répète quatre, cinq, six fois la phase d'accélération, en essayant de modifier ma course pour tenir compte des remarques du coach.

« Juste après le départ, les foulées doivent être courtes et rapides, un peu comme si vous pédaliez sur un vélo. Puis, à mesure que vous accélérez, elles se rallongent et leur cadence ralentit. »

« N'oubliez pas de bien prendre votre respiration lors du départ. Ensuite, vous ne respirerez plus pendant toute la phase d'accélération. Apnée totale ! L'idéal est que vous ne respiriez qu'une seule fois, à mi-course. Vos muscles n'ont pas besoin de plus. »

À la fin de la séance, je suis totalement exténuée, mais ravie de ce que j'ai appris.

— C'est bien, Betty, vraiment très bien, me complimente le coach. Vous comprenez vite et progressez à toute allure !

Tiens ! Il m'a appelée Betty. C'est la première fois, je crois. J'ai hâte de rentrer à la maison et de raconter tout ça à mes parents.

Lorsque j'arrive au gymnase pour ma troisième séance de travail collectif, je suis déterminée : j'aime l'athlétisme et, même si les garçons me snobent, même s'ils rigolent dans mon dos, même s'ils me mettent des bâtons dans les pattes, je me ferai une place dans le club, je me le jure !

Pendant toute la séance, je prends soin d'effectuer tous les exercices sans sourciller, sans me plaindre, sans essayer d'obtenir les faveurs du coach. Je veux montrer aux garçons (et surtout à Bob !) que je suis capable de m'entraîner aussi bien qu'eux. Résultat, si certains imbéciles comme Carl m'ignorent toujours, les autres commencent à m'accepter et à me parler. Peut-être aussi mes dernières places aux 50 yards, lors des deux premiers entraînements collectifs, les ont-ils rassurés dans leur amour propre...

Lors de cette séance, je réalise que le coach Price est un génie ! Oui, un génie ! La première fois, j'avais fait les exercices sans vraiment savoir à quoi ils servaient. Là, je comprends que le professeur a tout prévu. En bon scientifique, il connaît les lois de la physique, les liens entre les forces et les mouvements, le fonctionnement du corps humain, les différents types de muscles et leurs besoins en oxygène et en énergie. Et il utilise tout cela pour mettre en place les séries d'exercices, certains pour augmenter l'explosivité de nos muscles lors du départ, d'autres pour nous rendre plus endurants, d'autres pour nous assouplir, d'autres enfin pour permettre à notre corps de récupérer en attendant l'exercice suivant... Rien n'est laissé au hasard.

Une séance d'entraînement aussi complète qu'excitante, donc.

Sauf à la fin, au moment du traditionnel 50 yards : cette fois encore, je finis dernière de ma demi-finale et de la finale des perdants. Je ne suis pas encore près de prendre ma revanche...

— Aujourd'hui, m'explique le coach Price le mercredi suivant sur la piste extérieure, nous allons parler des deux dernières étapes d'une course : la phase à pleine vitesse et l'arrivée. Pour commencer, vous allez courir un 100 yards aussi vite que possible, avec un départ et une accélération comme je vous les ai appris. Moi, je vous attends sur la ligne d'arrivée...

Je me dirige sur la ligne de départ, creuse les deux trous pour mes pieds, m'étire.

— À vos marques ! hurle le coach depuis l'autre bout de la piste. Prêt ?... *Trrriiiiiit !*

Je bondis, accélère en me redressant petit à petit, atteins ma vitesse maximale et essaie de la conserver jusqu'à la ligne d'arrivée, que je franchis tant bien que mal...

Pendant que je reprends mon souffle, le coach note dans son carnet le temps donné par le chronomètre.

— C'est pas mal, mais il y a encore plusieurs petites choses à corriger. Tout d'abord, la foulée. Pendant l'accélération, le torse est en avant et les jambes poussent par-derrière. Pendant la vitesse de pointe, le torse est presque vertical et les jambes ne poussent plus mais tirent. Je m'explique : le bon geste consiste à monter la cuisse à l'horizontale, puis à jeter le pied vers l'avant, comme si vous vouliez griffer la piste. Les pointes des chaussures agrippent le sol et vous tirez dessus pour vous propulser vers l'avant. Je vais vous montrer...

Le professeur Price enlève son manteau, le jette par terre et reproduit le geste plusieurs fois en sautillant sur un pied puis sur l'autre.

— Eh oui ! s'amuse-t-il en voyant ma tête, moi aussi j'ai fait de l'athlétisme quand j'étais plus jeune. Je n'étais pas excellent, mais j'adorais ça !

Je n'en reviens pas : le professeur Price a été jeune !... Moi qui le connais depuis toujours vêtu d'une blouse blanche ou d'un costume de ville, avec son visage rond, ses petites lunettes rondes elles aussi, ses cheveux rares et son léger embonpoint, et qui pense qu'il ressemble à ça depuis la nuit des temps, je l'imagine soudain en jeune homme maigre, portant un survêtement, une tignasse en bataille et une moustache naissante... L'image est aussi saugrenue que quand j'essaie d'imaginer mes parents en adolescents boutonneux !

— Vous avez compris le geste ? me demande-t-il après avoir remis son manteau et repris son âge réel. Vous pouvez le faire ?

J'essaie de reproduire ce qu'il m'a montré.

— Montez le genou encore plus haut ! Voilà, c'est mieux... Vous pouvez refaire une longueur, s'il vous plaît ?

Je retourne à l'autre bout de la piste en petites foulées, attends l'ordre de départ, m'élance, accélère, puis, quand je suis lancée à pleine vitesse, essaie de reproduire le fameux geste. Ce n'est pas vraiment naturel, mais la sensation est bonne, excellente même.

— Bravo ! s'exclame le coach après mon arrivée. Vous venez de gagner deux dixièmes de seconde ! Et vous pouvez encore grapiller quelques centièmes : vous avez stoppé votre effort deux mètres avant la fin. Vous devez imaginer que la ligne d'arrivée se trouve deux mètres derrière sa position réelle. Ainsi, lorsque vous la franchissez, vous êtes encore à pleine vitesse. Et finissez toujours votre course par un cassé !

— Un quoi ?

— Un cassé. Le chronomètre est arrêté lorsque le torse de l'athlète franchit la ligne. Si vous jetez vos épaules en avant à ce moment-là, cela vous fait gagner quelques précieux centièmes... et parfois la course ! On recommence ?

— On recommence !

— Depuis combien de temps tu fais de l'athlétisme ? me demande Britt par un doux matin de mars. Trois, quatre semaines ?

— Presque deux mois.

— Déjà deux mois et toujours rien ?!

— Si, je m'améliore à chaque séance et je cours de plus en plus vite !

Je ne lui ai pas dit que je finissais tous les 50 yards à la dernière place ; pas envie d'entrer dans ces détails-là.

— Mais non, tu sais bien de qui je veux parler !

Évidemment, je le sais : j'ai fini par lui parler de Bob. Comme elle me raconte plein d'histoires sur les garçons avec qui elle sort, elle sortait ou elle sortira, j'ai eu envie d'être un peu comme elle, d'avoir des choses à dire. Bref, d'être normale. Bien sûr, je n'ai pas jugé utile de lui dire que Bob ne semblait pas s'intéresser à moi : malgré tous mes efforts, il ne me regarde pas. J'ai l'impression de n'être pour lui qu'un collègue de club, rien de plus.

— Oui, ça va bien. Bob est de plus en plus gentil. Il ne m'a pas encore proposé de sortir avec lui, mais il m'invitera certainement pour le bal de fin d'année. Ça va être génial !

— Oh, comme je suis contente pour toi ! s'exclame Britt en tapant des mains. Tu vas enfin avoir un amoureux.

Une petite boule vient se loger au creux de mon ventre : si seulement mon mensonge pouvait devenir réalité...

La semaine suivante, juste avant la séance du lundi, le coach Price demande à me voir. Il a l'air sérieux, limite soucieux.

— Betty, j'ai un petit problème dont j'aimerais vous parler.

Mon sang se glace.

— Lors des séances individuelles d'entraînement, vous courez magnifiquement bien. Vos chronomètres sont dignes des meilleures championnes américaines.

J'en rougis de satisfaction.

— Et en même temps, lors des séances collectives, vous finissez dernière de toutes vos courses. Compte tenu de vos chronos, ce n'est pas normal. Que se passe-t-il ? Vous n'aimez pas la compétition ?

Je blêmis instantanément.

— Euh... si... enfin je ne sais pas.

— Moi, j'ai ma petite idée, alors j'aimerais vous parler d'une valeur qui va peut-être vous aider à y voir clair : le respect. Un athlète doit respecter beaucoup de choses : les règles de son sport, son corps, les arbitres, son coach, ses compagnons d'entraînement, les horaires, les spectateurs qui ont payé pour le voir, le matériel mis à sa disposition, et ses adversaires. Respecter un adversaire, ça signifie ne jamais le sous-estimer, ne pas le narguer, mais aussi le battre à la loyale si vous en avez la capacité. Aucun adversaire ne vous en voudra de le battre, car c'est la loi du sport : que le meilleur gagne ! Au contraire, même, c'est le seul moyen de gagner son respect. Vous comprenez ce que je veux dire ?

— Oui monsieur.

— Comme je n'arrive pas à savoir quelle est votre vraie valeur, je me suis permis de faire quelque chose que je ne fais jamais : sans vous en avoir parlé, je vous ai inscrite au meeting d'athlétisme amateur qui se tiendra vendredi soir au Chicago Riding Club.

— Une compétition, vendredi ? Avec des femmes ?

— Oui, il y aura essentiellement des courses masculines, mais aussi quelques-unes féminines. Je vous ai inscrite sur le 60 yards. Acceptez-vous d'y participer ?

Le large sourire sur mon visage est ma réponse.

— Bien sûr.

— Vous croyez que vos parents seront d'accord ?

— Oui... et sinon je saurai les convaincre. Vous inquiétez pas !

— Alors pas une seconde à perdre, au travail !

Pendant toute la séance, un magma de pensées bouillonne dans ma tête : le meeting de vendredi... une vraie compétition... courir le plus vite possible !... tout faire pour gagner, par respect pour l'adversaire... pas comme les courses de fin de séance... La vérité me saute alors au visage : je n'ai pas fait exprès de perdre les deux premières, mais les autres... Ah ! le double faux départ... bravo, Joe, tu avais gagné ce jour-là ! Et la fois où j'avais fait semblant de me tordre la cheville, juste avant la ligne d'arrivée... Carl, tu m'avais dépassée sur le fil, me laissant ta dernière place... tu y avais cru, hein, grand imbécile blond ?... comme quoi, faire du théâtre, ça aide ! Et toutes ces courses où je ne me suis jamais donnée à fond, où j'ai ravalé mon amour-propre pour vous laisser passer... pour que vous me preniez sous votre protection, moi, la pauvre fille fragile et pas très douée... pour que vous m'acceptiez dans votre club de garçons.

Au moment du 50 yards de fin de séance, je sens le volcan en moi prêt à exploser.

— Première demi-finale, en place ! crie le coach.

Je m'agenouille, deux garçons à ma droite, cinq à ma gauche.

— À vos marques !... Prêts ?... *Trrriiiiiittt !*

Je bondis, accélère, me redresse et cours aussi vite que je le peux, ne regardant ni à gauche ni à droite, juste la ligne d'arrivée droit devant, ligne que je franchis avec deux mètres d'avance sur le deuxième. Stupeur dans le gymnase.

— Bravo Betty ! hurle de joie le coach Price. Je le savais !

Les garçons, eux, se regardent, me regardent, médusés.

— Oui, bravo Betty, me félicite l'un d'eux.

Il croit à un miracle et, comme les miracles ne se reproduisent jamais deux fois, ça le rassure.

Après la seconde demi-finale puis la finale des perdants, je participe à ma première finale des gagnants.

— À vos marques !... Prêts ?... *Trrriiit !*

Et le miracle se reproduit. Non : *je* le reproduis. Je remporte la course avec une demi-foulée d'avance sur le deuxième. J'ai gagné ! J'ai battu tous les garçons !!! Ils sont tellement stupéfaits, groggys, sous le choc, qu'ils ne disent rien. Je ne sais pas comment ils réagiront lors de la prochaine séance, quand ils auront eu le temps de réaliser. Me respecteront-ils ou me détesteront-ils ? À vrai dire, je m'en fiche complètement : je viens de me prouver que j'étais capable de courir vite. Je suis prête pour vendredi soir !

Avec le recul, je me demande ce qui se serait passé si le professeur Price ne m'avait pas poussée à me battre, encore et encore. Les jours, les mois et les années qui ont suivi auraient été très différents, et ma vie bien plus ennuyeuse.

Et, en même temps, si je n'avais pas fait d'athlétisme, je n'aurais jamais pris l'avion et ma vie aurait alors été beaucoup, beaucoup plus longue...

Chapitre 5

Première compétition au Riding Club

Le vendredi 30 mars 1928, deux mois à peine après avoir débuté l'athlétisme, je pénètre en fin d'après-midi dans le Chicago Riding Club par l'entrée des chevaux.

C'est une sorte de magnifique cathédrale en brique, en métal et en verre, construite trois ans plus tôt sur la rive du lac Michigan en l'honneur des sports équestres. En son centre se trouve une piste d'équitation éclairée par une immense verrière le jour et par un éclairage électrique le soir : on y pratique le dressage, l'attelage ou encore le polo. Seule la haute société de Chicago – industriels, banquiers, avocats, médecins... – peut monter à cheval au Riding Club : la carte de membre, hors de prix, est un signe de réussite sociale. Les écuries se trouvent dans les deux ailes qui longent la piste. Enfin, un jour par an, l'Association des banquiers de la ville y organise un meeting d'athlétisme.

Ce jour-là, donc, j'y pénètre avec le professeur Price et Bob Williams par l'arrière du bâtiment. À l'avant du Riding Club, une foule dense se presse déjà.

— Il y a du monde ! dis-je un peu stressée.

— Oui, l'affiche de la soirée est très alléchante, m'explique le coach Price. Deux coureurs de fond de niveau international sont annoncés : Lloyd Hahn courra le mile[1] et Ray Conger le 1000 yards. Tous deux sont de sérieux candidats pour les Jeux olympiques d'Amsterdam, en août prochain. Et Hahn a déjà participé à ceux de Paris, en 1924.

Pour ma première compétition, il y aura donc des vedettes sur la piste, des spectateurs dans les tribunes et de la pression sur mes épaules !

— Et chez les femmes, ajoute le coach, Helen Filkey s'alignera sur 60 yards plat et 60 yards haies.

— Helen qui ?

— Filkey. C'est une jeune fille de Chicago. Je ne vous en ai pas parlé plus tôt pour ne pas vous inquiéter, mais c'est une bonne sprinteuse, très bonne même. Elle détient notamment le record du monde du 60 yards...

Je crois m'étouffer. Je vais courir à côté de la fille la plus rapide au monde ?! C'est ma première compétition et je vais me prendre une claque. Et moi

1. 1 mile = 1609 mètres.

qui ai insisté pour que ma mère – qui déteste le sport – et mon père – qui avait une réunion – assistent au meeting ! Ce soir, je vais être dévorée dans l'arène par une lionne de l'athlétisme, et j'ai demandé à mes parents d'assister au massacre.

En voyant ma tête de cadavre, M. Price tente de me réanimer.

— Vraiment, vous ne devez pas vous inquiéter ! Vous avez le meilleur chrono de toutes les concurrentes, en dehors de celui de Mlle Filkey. Au pire, vous finirez deuxième. Et si vous êtes dans un bon jour, tout peut arriver...

Ce qui va surtout arriver, c'est que je vais être ridicule... Après être passée par le bureau d'inscription des athlètes, le coach Price et Bob me laissent à l'entrée du vestiaire des femmes. Ça sent le cheval. Je jette un œil aux filles qui sont là, en me demandant si Helen Filkey est l'une d'elles. Est-ce la grande blonde ? Non, pas assez musclée pour une championne. Celle avec la coupe au carré ? Non, trop petite. Celle qui fait ses étirements, là-bas ? Non, trop jeune, pas assez expérimentée. Je sens la pression monter d'un cran. J'enfile mon short et mon maillot, chausse mes horribles chaussures à pointes, range mes affaires dans un casier et ressors du vestiaire.

— Venez, Betty, allons voir la piste !

Et voilà l'arène ! Impressionnante, illuminée par de puissants projecteurs, écrasée par la musique jaillissant des haut-parleurs. Une masse compacte de spectateurs finit de prendre place dans les tribunes. Combien sont-ils ? Plusieurs milliers ? Et dire que tous auront les yeux tournés vers moi lorsque je serai en piste. Je cherche dans la foule le visage familier de mes parents, mais je ne les trouve pas, éblouie par les lumières.

— Coach, crie Bob, Helen est là !

— Ah oui, venez Betty, je vais vous la présenter.

La gazelle présentée à la lionne : « Bonjour madame la Lionne, je vous présente votre dîner du soir ! Quelle sauce d'accompagnement aimeriez-vous ? Ketchup ? Barbecue ? »

— Bonjour Helen ! Je suis Charles Price, l'entraîneur du club d'athlétisme de Thornton Township High School. Je vous présente Elizabeth Robinson, qui court ce soir le 60 yards.

Ma surprise est de taille : Helen Filkey est l'inverse de ce que j'avais imaginé. Ni vieille (pas plus de vingt ans), ni très grande, ni très musclée. Et elle a un joli visage et un sourire qui me rappelle... n'importe quel sourire. Une fille normale, quoi !

— Salut, dit-elle en me tendant la main. Bonne chance pour tout à l'heure !

Et en plus elle est sympa.

— Merci, réponds-je intimidée.

Soudain, la musique cesse, remplacée par une voix nasillarde.

— Mesdames, mesdemoiselles et messieurs, il est 8 heures du soir et le meeting d'athlétisme de l'Association des banquiers de Chicago va commencer. Je vous demande de vous lever pour l'hymne national.

La foule se dresse comme un seul homme et chacun pose sa main droite sur son cœur. Une cantatrice entonne *La Bannière étoilée*. C'est si joliment interprété qu'une émotion profonde m'envahit. Comme par magie, l'inquiétude, le stress, la peur d'être ridicule disparaissent. Je réalise que ce n'est qu'une course, et certainement pas la fin du monde : même si je finis dernière, la vie continuera et mes parents m'aimeront toujours autant. Cela dit, je déteste perdre et je ferai tout pour gagner !

— Je commence l'échauffement ? demandé-je au coach Price juste après la dernière note de l'hymne.

— Oui. Votre demi-finale a lieu dans trois quarts d'heure et la finale, si vous vous qualifiez, dans deux heures.

Alors que je suis fidèlement le programme d'échauffement mis au point par le coach, je ne peux m'empêcher de jeter un œil à ce qui se passe sur la piste et une oreille aux réactions de la foule. La course du 1000 yards masculin, les demi-finales du 60 yards haies féminin et masculin, celles du 60 yards plat masculin se succèdent, avec toujours le même rituel. D'abord, le speaker annonce dans le haut-parleur le nom des coureurs. Les spectateurs redoublent de cris et d'applaudissements chaque fois qu'un athlète local est en lice. Puis le starter prend le relais et, dans un silence d'église, donne l'ordre de départ. Au coup de pistolet, une clameur assourdissante s'élève dans le stade et grossit jusqu'à la ligne d'arrivée. Courir dans une telle explosion de bruit doit être à la fois stressant et terriblement grisant : on doit se sentir porté par la joie des spectateurs !

Lorsque arrive l'heure de ma demi-finale, le coach Price vient me chercher.

— Vous avez de bonnes chances de gagner votre course, m'annonce-t-il pour me rassurer. Helen est dans l'autre demi-finale...

Oui, cela me rassure : je n'ai rien à perdre. Je me dirige vers la ligne de départ en essayant de ne pas penser à la foule, ni à mes parents, ni aux autres concurrentes. Je respire lentement. Je détends mes muscles. Mon couloir est le numéro 1. Je regarde la ligne d'arrivée. Tout ce que j'aurai à faire, c'est la rejoindre le plus vite possible. Le coach Price m'a montré comment faire. Avec ma truelle, je creuse deux trous dans la piste. Le speaker annonce mon nom dans le haut-parleur. Je lève la main pour saluer les spectateurs. Il annonce le nom des autres concurrentes, puis le silence se fait dans la salle.

— À vos marques ! crie le starter.

Je m'accroupis, place mes pieds dans les trous, pose mes mains le long de la ligne sans la toucher.

— Prêtes ?...

Je me redresse, inspire un grand coup et bloque ma respiration.

Pan !

Et je bondis, accélère, me redresse. J'ai pris un bon départ : je suis en tête. Les acclamations des spectateurs me portent. Je reste concentrée et augmente mon avance. Je fixe la ligne d'arrivée comme si c'était un aimant. J'y suis presque et... je me jette !

J'ai gagné ma première course officielle ! J'AI GAGNÉ !!!! GA-GNÉ !!!!!

Alors que je saute de joie comme un cabri, le coach Price me rejoint.

— Bravo, Betty ! Je vous l'avais dit, n'est-ce pas ? Mais attention, conservez de l'énergie et de l'influx nerveux pour la finale ! Vous en aurez besoin pour battre Helen Filkey.

Celle-ci, justement, se prépare pour sa demi-finale. Je reste sur le bord de la piste. Après avoir vécu ma première course de l'intérieur, je vais assister à ma première course comme spectatrice. Les filles prennent place derrière la ligne de départ, le speaker les présente, puis elles se mettent sous les ordres du starter. Et c'est parti ! Dès le coup de pistolet, Helen Filkey se détache et survole la course. Quelle incroyable sensation de vitesse ! Elle déroule et gagne sa course avec une foulée fluide et parfaite. C'est si beau à voir !

Lorsque son temps s'affiche, j'ai du mal à en croire mes yeux : elle a mis seulement un dixième de seconde de moins que moi. Cela signifie-t-il que je suis aussi rapide qu'elle ? Un dixième, c'est rien ! Alors que j'effectue la série d'exercices mise au point par M. Price pour récupérer de l'effort de la demi-finale, une question me taraude : suis-je capable de battre Helen Filkey ? Elle aura couru deux 60 yards haies et un 60 yards plat avant la finale… Elle sera peut-être fatiguée. Et si je prends un excellent départ, tout deviendra possible. Un dixième, c'est vraiment rien… Je commence à croire à la victoire. Je m'imagine au coude-à-coude avec elle, puis, à la fin de la course, la battant d'un cheveu grâce à un excellent cassé. Ce serait extraordinaire, mais pas impossible. Je me vois sur le podium, avec la médaille d'or autour du cou. « Mlle Robinson, une petite interview pour le *Chicago Tribune*. Pour votre première course officielle, vous battez la détentrice du record du monde. Comment avez-vous fait ? – Je dois beaucoup à mon entraîneur, Charles Price, qui m'a tout appris ! – Vous attendiez-vous à un tel résultat ? – Bien sûr que non ! Je savais que tout était possible, mais, pour être honnête, cinq minutes avant le début de la course, je n'imaginais pas une telle issue. »

— Betty, départ dans cinq minutes.

Le coach me tire brutalement de ma rêverie.

— Vous avez le couloir voisin de celui d'Helen. C'est un avantage, car si elle sent votre présence, ça peut la perturber. Mais faites attention, si elle prend de l'avance sur vous, ne vous crispez pas ! Essayez de rester toujours détendue. Vous pouvez la battre !

— Je vais essayer !

Je me mets sous les ordres du starter. Lorsque le speaker annonce le nom d'Helen Filkey, la star locale est acclamée par toute la salle. L'instant d'après, quand mon nom est prononcé, j'ai l'impression que seuls mes parents applaudissent... Mais je vais leur montrer !

— À vos marques !... Prêtes ?... *Pan !*

Je bondis et accélère. Mais Helen bondit et accélère plus vite que moi. Après seulement quatre foulées, je suis déjà en retard. J'essaie d'aller plus vite, mais son avance grandit. Plus que trente yards. L'écart est stabilisé. Vingt-cinq yards. Je rattrape mon retard. Quinze yards. Je la rattrape ! Cinq yards. Je vais la battre sur le fil ! Deux yards. Je me jette en avant et...

Je stoppe mon effort, ralentis, marche quelques mètres et m'assieds par terre.

Alors que j'essaie de reprendre mon souffle, Helen Filkey s'approche de moi et me félicite.

— Bravo Betty, tu cours très vite.

Je la remercie, mais j'ai juste envie de pleurer.

Le professeur Price et Bob arrivent à leur tour.

— Bravo Betty ! dit le professeur.

— Bravo quoi ? je lui réponds sèchement.

— Deuxième à un cheveu de Helen Filkey, qui vient d'égaler son record du monde en salle. Pour une première compétition, c'est excellent !

— Deuxième ou dernière, c'est pareil. C'est nul. Cinq yards de plus, et je la battais !

Je me prends la tête entre les mains. Le coach me sourit avec tendresse :

— Vous allez vous remettre au travail, Betty. Vous allez vous entraîner encore plus dur et la prochaine fois, c'est sûr, vous battrez Helen Filkey !

Je n'arrive pas à me réjouir de ma performance. La seule chose positive de la soirée, c'est ce que vient de déclarer le professeur Price : il y aura d'autres compétitions et d'autres occasions de l'emporter. Alors oui, lundi, je reprendrai l'entraînement et la prochaine fois je gagnerai !

Chapitre 6

En bonne compagnie à l'IWAC

Le lundi suivant, en arrivant au gymnase, je suis accueillie par un silence de mort. Les garçons sont dans leur coin à se dire des messes basses, comme lors de mon tout premier entraînement, il y a deux mois. Et pour ne rien arranger, Bob est absent.

Je suis seule.

J'hésite une seconde, puis décide de les rejoindre.

— Bonjour ! dis-je d'un air enjoué.

— Salut toi, me répond une voix grave.

C'est cet imbécile de Carl qui recommence à me parler comme si j'étais un homme. Visiblement, il n'a pas digéré de se faire battre à la loyale par une fille, lundi dernier.

— Alors, poursuit-il, c'était bien vendredi soir ? Ça fait quoi de perdre une course sous les yeux de milliers de spectateurs ?

« C'est pas pire que de se faire battre par une fille sous les yeux des copains, crétin ! » ai-je envie de lui répondre. Mais je me contente de hausser les épaules avec dédain : si je veux continuer à m'entraîner au club, mieux vaut ne pas répondre aux provocations.

— Bonjour à tous ! lance le coach Price dans mon dos. Tout le monde est là ? Alors on commence la séance !

L'entraînement se déroule dans une ambiance glaciale. Je ne parle pas aux garçons et ils ne me parlent pas. Lorsqu'il y a des exercices à faire en binôme, je me mets avec Dick, l'élève de ma classe, le moins hargneux de tous.

Quand vient le traditionnel 50 yards de fin de séance, le hasard veut que je me retrouve dans le couloir voisin de celui de Carl. Mais est-ce vraiment le hasard ? Il me jette un regard noir. Je me jure de le battre avec au moins deux foulées d'avance.

— À vos marques !... Prêts ?... *Trrrriit !*

Je jaillis et prends immédiatement le dessus sur Carl. Mais après trois foulées, je sens sa présence sur ma gauche, puis quelque chose heurte mon pied gauche, qui heurte à son tour mon pied droit. Je trébuche et tombe par terre. Carl s'écroule juste à côté. Je n'en reviens pas : il m'a fait tomber !

— Mais tu m'as...

— Non mais ça va pas ?! m'interrompt-il immédiatement en criant. Tu es sortie de ton couloir et tu m'as fait tomber ! Si tu sais pas courir droit, fais du tricot !

— Carl ! tonne le coach Price. Calme-toi et reste poli ! Ce n'est qu'un incident de course.

— Mais vous avez vu ce qu'elle m'a fait ?! insiste Carl avec aplomb.

— Non, je n'ai rien vu : j'étais concentré sur le départ de Joe. Mais si vous n'êtes pas blessés, l'incident est clos. Passons à l'autre demi-finale.

Tout s'est déroulé si vite que je n'ai même pas eu le temps de me défendre. J'en ressens une profonde injustice et une violente colère, qui me donnent presque envie de pleurer. Mais je ne ferai pas ce cadeau à Carl. Alors que je le regarde se relever, il me jette un sourire méchant, comme s'il savourait une victoire. Comme pour me dire : « La guerre est déclarée, ma vieille, et tu ignores ce dont je suis capable ! »

— Tu ne vas quand même pas continuer à t'entraîner avec ces idiots ! s'inquiète Brittany le lendemain matin.

Hier soir, je n'ai rien oser dire aux parents : pas envie que papa déboule au prochain entraînement et fasse un esclandre ! Je veux régler ça seule. J'en ai quand même parlé à Britt, pour avoir son avis.

— Bien sûr que si, je vais continuer ! J'adore courir et mon coach dit que je suis douée... Tu aurais dû être là vendredi soir : même si j'ai perdu, la bataille avec Helen Filkey a été un moment incroyable ! Et si je veux la battre un jour, je dois m'entraîner. Le problème, c'est pas moi, c'est les garçons. Qu'est-ce que je dois faire pour qu'ils me laissent tranquille ?

— Si j'étais toi, j'arrêterais purement et simplement la course à pied.

Je regarde Britt, son maquillage impeccable et son caban à la mode, et je me dis que je suis incorrigible : chaque fois que j'ai besoin d'un conseil, je me tourne vers elle, mais elle est si différente de moi que ses conseils ne me servent jamais à rien.

— Mais... je viens de te dire que j'adorais courir ! Pourquoi veux-tu que j'arrête ?

— Parce que tu es une fille et que c'est une activité de garçon ! Tout le problème vient de là !

Les bras m'en tombent : ce n'est pas un argument, ça !

— Parce que le sprint n'est pas une activité pour les filles ?

— Ben non...

— Explique-moi pourquoi ? Si j'étais un ver de terre et que tu me disais : « La course à pied, c'est pas pour toi ! », je le comprendrais. Mais là, j'ai deux jambes, alors explique-moi pourquoi je ne peux pas courir !

— Parce que c'est une activité de garçon, c'est tout ! Si c'était adapté pour les filles, il y aurait des épreuves d'athlétisme aux Jeux olympiques, non ? Or, il n'y en a pas ! Les femmes participent aux épreuves de natation et de tennis, mais pas d'athlétisme. Seuls les hommes ont le droit de participer...

Normalement, là, je devrais répondre à Britt qu'il y a une raison historique à cela : dans l'Antiquité, les Jeux olympiques étaient réservés aux hommes et le baron Pierre de Coubertin a conservé cette règle lorsqu'il a créé les Jeux modernes. Depuis, des femmes se sont battues et ont obtenu l'autorisation de participer à certaines épreuves. Ce n'est pas encore le cas de l'athlétisme, mais ça ne saurait tarder !

Voilà ce que je devrais lui expliquer, mais je n'ai pas envie de perdre mon temps. Britt est peut-être une fille, mais elle a la mentalité d'un garçon : chacun à sa place et que rien ne change ! J'aurais voulu qu'elle me soutienne et me dise de serrer les dents, mais ce n'est pas la bonne personne pour ça. La meilleure personne pour me donner des conseils, finalement, c'est moi. J'irai donc à l'entraînement lundi prochain et je tiendrai bon. Même si Carl me fait des crocs-en-jambe à chaque course, j'y retournerai encore et encore. Jusqu'à ce qu'il comprenne et cesse de m'embêter.

Je suis une fille et j'ai le droit de courir !

Le lendemain après-midi, alors que je sors de mon cours de sciences physiques et que je traverse la cour, j'entends derrière moi un pas rapide se rapprocher. Une boule se forme dans mon ventre. Je ne me retourne pas, de peur de tomber nez à nez avec Carl.

— Mademoiselle Robinson !

Ouf ! C'est M. Price, revêtu de sa blouse blanche de professeur de biologie.

— Bonjour monsieur.

— Est-ce que je peux vous parler deux secondes ?

Que veut-il me dire ? Qu'il a compris son erreur et sermonnera Carl au prochain entraînement ? Ou, au contraire, qu'il a pris conscience que la greffe ne prendrait jamais entre les garçons et moi ?

— Je me suis trompé, reconnaît-il d'emblée. Je pensais que vous pourriez vous entraîner avec les garçons, mais ça ne fonctionne pas. Je n'ai pas vu ce qui s'est passé lundi, mais l'ambiance était très mauvaise. L'équipe ne peut pas continuer comme ça et je dois prendre une décision.

— Ah...

— Mon erreur a été de croire au fair-play des garçons. Je pensais que, si vous les battiez à la régulière, ils vous respecteraient. Je me trompais : leur peur de perdre leur position dominante est plus forte que leur esprit sportif. C'est viscéral et inscrit en eux depuis si longtemps qu'il faudra sans doute des générations avant que cette mentalité ne change...

Je regarde les bourgeons des arbres de la cour qui explosent en bouquets de feuilles vert tendre. Des oiseaux gazouillent joyeusement. Le printemps est déjà là, mais à l'intérieur de moi tout est sombre. Le coach va m'annoncer que je dois quitter le club. Je ne revivrai jamais l'intense émotion de vendredi soir. Une belle promesse qui s'éteint.

— Je pense qu'il vaut mieux pour tout le monde, poursuit le coach, que vous quittiez le club d'athlétisme. Croyez bien que cela me rend très triste, car c'est un échec pour moi...

La sentence est tombée, mais je refuse de l'accepter sans me défendre :

— C'est injuste ! J'adore courir et je suis plus rapide que tous les garçons du club. Je mérite plus qu'eux de pouvoir m'entraîner. Vous me demandez d'arrêter uniquement parce que je suis une fille. C'est injuste !

— Qui a dit que vous devez arrêter ?

— Bah... vous !

— Non, je vous ai dit que vous ne continueriez pas au club. Nuance !

— Et où voulez-vous que j'aille ?

— À l'IWAC.

— Où ?

— À l'IWAC, l'Illinois Women's Athletic Club. C'est un club de femmes très influentes de Chicago : des avocates, des médecins, des femmes d'affaires, des banquières... Elles se réunissent dans un endroit où elles peuvent discuter, se détendre, faire de la gymnastique, nager. Cela ressemble aux clubs privés masculins, mais celui-ci n'est ouvert qu'aux femmes. L'IWAC aide également des jeunes filles talentueuses grâce à des leçons gratuites de musique, de dessin ou de sport. Vendredi, des dames de l'IWAC étaient dans les tribunes et, visiblement, vous leur avez tapé dans l'œil. J'ai reçu ce matin une lettre de la responsable des sports : elle vous propose de vous entraîner dans leur structure, à Chicago. C'est un grand privilège, vous savez !

Hiii !... Je vais continuer à courir ! Hiiiii !... Et m'entraîner dans un club prestigieux créé par des femmes influentes ! Hiiiiiiiii !... *Ciao* Carlito et les autres ! Hiiiiiiiiiiiii !... Je vous laisse à votre médiocrité !

— Mais vous, coach, vous restez ici ? dis-je en essayant de cacher mon excitation intérieure.

— Oui, Betty, je ne peux pas laisser le club.

— Ah...

— Mais vous aurez à votre disposition les coachs de l'université DePaul. Ils sont très bons : ce sont eux qui entraînent Helen Filkey, une autre protégée de l'IWAC.

— Oui, mais c'est avec vous que j'ai tout appris...

— Eh bien vous apprendrez de nouvelles choses avec eux, me réconforte-t-il de son gentil sourire.

Je suis triste car je ne bénéficierai plus des bons conseils du coach Price et je ne verrai plus Bob, mais j'ai le cœur léger : je continue l'athlétisme !

— Voici la lettre de l'IWAC, me dit le professeur en me tendant une enveloppe. Prenez vite rendez-vous avec Mme Waterman : votre avenir sportif se joue désormais là-bas !

J'ai longuement réfléchi aux arguments que je devrais avancer pour que ma mère me laisse aller à Chicago trois fois par semaine après les cours. « Maman, je ne peux pas continuer au club d'athlétisme du lycée, l'ambiance n'y est pas très sympa... » Et encore : « Maman, des femmes très influentes de Chicago m'ont vue courir et elles veulent absolument que je rejoigne leur club ! » Et enfin : « Tu sais, il n'y a aucun danger à aller seule à Chicago, même pour une fille de mon âge. Beaucoup de mes copines y vont (gros mensonge). » Bon, j'improviserai...

Le soir, lorsque papa rentre et que nous nous mettons à table, je prends une grande respiration comme avant le départ d'un 50 yards, puis je me lance :

— Papa, maman, j'ai une nouvelle incroyable à vous annoncer. Vendredi soir, des dames de l'IWAC m'ont vue courir et j'ai fait forte impression. L'IWAC, c'est un club de...

— Oui, nous le connaissons, m'interrompt mon père.

— Ah, super ! Ces femmes m'ont donc vue courir et elles ont envoyé cette lettre au coach Price. C'est une proposition d'entraînement. Une chance incroyable !

Je sors la lettre de ma poche et la donne à mon père. Il la lit et sourit :

— C'est intéressant, en effet.

Il tend le courrier à ma mère, qui grimace :

— Mais... c'est à Chicago ! Tu ne veux plus t'entraîner au club de ton lycée ?

— Au lycée, les garçons ont du mal à accepter qu'une fille coure plus vite qu'eux ! L'ambiance est devenue très moyenne.

— Tu dois en parler à ton coach...

— C'est fait, maman, et c'est lui qui m'a conseillée d'aller à l'IWAC. Là-bas, j'aurai un entraînement top niveau ! Alors, je peux ?

— Si tu y vas, ça te prendra une heure aller et une heure retour. Tes résultats scolaires vont s'en ressentir !

— Tu sais, depuis que j'ai commencé l'athlétisme, mes notes n'ont pas baissé. Et je te promets que ça continuera si je vais à l'IWAC.

— Chicago est une ville très dangereuse. Tu as lu les journaux ? Avant-hier, il y a encore eu un règlement de comptes entre la mafia d'Al Capone et une autre, j'ai oublié son nom...

— Les règlements de comptes n'ont pas lieu dans les transports en commun, maman. Je ne risque rien.

— Quand même, tu es une fille et tu n'as que seize ans !

— Justement, l'IWAC est réservé aux filles comme moi. Helen Filkey s'entraîne là-bas et elle n'a que quatre ans de plus que moi...

Mon père observe la joute verbale entre ma mère et moi et compte les points en silence. C'est un taiseux. Ça lui vient peut-être de ses origines : il est né et a grandi en Irlande. En 1888, il en a fui la misère et a embarqué sur un navire pour l'Amérique. Là, il a gravi tous les échelons, depuis manutentionnaire dans une usine du Midwest – où il a rencontré Lizzie Wilson, née au Canada de parents irlandais, qui est devenue ma mère – jusqu'à sa situation actuelle de directeur de banque. Une belle réussite dont il ne se vante jamais, mais dont il essaie de partager les fruits en donnant aux autres de son temps et de son argent.

— Mais toi, Harry, lui demande ma mère, qu'en penses-tu ? Tu ne dis rien.

— Pour le moment, je n'en pense rien. Il faut que j'y réfléchisse...

Lorsque mon père dit cela, ça signifie : « Je ne suis pas d'accord avec toi, ma chérie, mais comme nous devons toujours être du même avis dans les décisions concernant les enfants, je ne le dirai pas devant Betty. Nous en parlerons tous les deux ce soir, et annoncerons notre décision demain. »

Parfois c'est mon père qui gagne, parfois ma mère. Je me souviens d'une décision restée célèbre dans la famille. Je devais avoir sept ou huit ans. Un soir, ma sœur Jeannette, qui en avait dix-huit, annonça qu'elle souhaitait présenter un garçon aux parents. Jim Rochford avait fait la guerre de 14-18 en Europe et en était revenu décoré de la médaille pour service remarquable (un bon point). D'origine irlandaise (un très bon point pour mon père), il avait un travail (un bon point pour ma mère). Bref, les choses se présentaient plutôt bien, lorsque ma sœur fit l'erreur de répondre honnêtement à la question : « De quelle paroisse est-il ? » Elle dit qu'après toutes les horreurs qu'il avait vues à la guerre, Jim doutait de la miséricorde de Dieu et allait rarement à l'église. Et ça, pour mon père, c'était un très, très, très mauvais point, limite rédhibitoire. Résultat : pour ma mère, c'était « oui », pour mon père, « non ». Le soir, avec les sœurs, nous avons entendu que ça discutait ferme dans la chambre des parents. Jeannette était très inquiète. Mais c'est ma mère qui a gagné et, le lendemain, mon père a donné son accord. J'en suis très heureuse, car Jim est un beau-frère génial, et lui et ma sœur forment un très beau couple.

Bref, lorsque mes parents « doivent y réfléchir », ça signifie qu'ils vont se disputer. Ce soir-là, avant de m'endormir, je colle mon oreille contre le mur de ma chambre et j'écoute ce qui se trame dans celle des parents. Je n'entends que les ronflements tonitruants de mon père. Visiblement, la décision a été rapide à prendre. Est-ce bon ou mauvais signe ?

Le lendemain, au petit déjeuner, mon père annonce que je pourrai m'entraîner à l'IWAC. Ma mère a accepté, mais à plusieurs conditions : 1) Qu'elle puisse rencontrer les dames de l'IWAC avant le premier entraînement, 2) Que mes résultats scolaires ne baissent pas, et 3) Que je sois toujours de retour à l'heure prévue : aucun retard ne sera toléré.

Promis, promis et promis !

Une semaine plus tard, en milieu d'après-midi, je suis dans le train qui m'amène à Chicago, accompagnée de ma mère. Pendant les trois quarts d'heure que dure le trajet, je croise les doigts pour que le voyage se passe sans problème et que ma mère en ressorte rassurée. Heureusement, ce jour-là, les autres passagers parlent à voix basse, aucun clochard ne fait la manche, aucune bagarre n'éclate dans le wagon et le train n'a pas de retard.

Nous prenons ensuite le bus qui remonte Michigan Avenue vers le nord. Et là encore, je croise les doigts pour que les autres passagers se tiennent à carreau, qu'aucun clochard ne nous dérange, qu'aucune bagarre n'éclate, etc, etc, etc... En sortant du bus, je lance à ma mère un sourire vainqueur qui signifie : « Tu vois, les transports en commun sont très sûrs. Je ne risque absolument rien à aller seule à Chicago ! »

L'immeuble de l'IWAC se trouve juste à côté de la Water Tower. Impossible de le rater : haut de dix-sept étages, c'est le plus grand et le plus beau gratte-ciel du quartier. Une merveille ! En brique rouge, ses deux premiers étages sont occupés par des restaurants, une boulangerie et des boutiques chics, ouverts sur l'extérieur grâce à des portes et de larges baies vitrées. Le troisième étage est orné de décorations de style Renaissance italienne, avec des armoiries, des têtes de pélican, des fenêtres rehaussées de frontons, des niches sculptées...

Nous pénétrons dans le hall d'entrée, tout aussi richement décoré. Je suis émerveillée, et maman aussi, même si elle ne le montre pas.

— Nous avons rendez-vous avec Mme Elizabeth Waterman, la responsable des activités sportives, dit ma mère à la jeune femme de l'accueil.

— Oui, c'est au seizième étage. L'ascenseur est juste là !

Un groom nous ouvre la porte et appuie sur le bouton 16. Un plan de l'immeuble est gravé sur une plaque en cuivre : une piscine et une salle de sport se trouvent au 1er sous-sol, des commerces du rez-de-chaussée au 2e étage, des bureaux du 3e au 9e étage, un hôtel de standing du 10e au 14e étage, et les locaux des activités de l'IWAC du 15e au 17e étage.

— Vous êtes arrivées, déclare le groom.

Nous sortons de l'ascenseur et annonçons à une secrétaire que nous sommes attendues par Mme Waterman. Quelques instants plus tard, nous pénétrons dans un grand bureau dont les fenêtres attirent irrésistiblement mon regard : la vue sur la ville et sur le lac Michigan y est exceptionnelle ! Jamais je ne suis montée aussi haut...

— Bonjour madame, bonjour mademoiselle. Asseyez-vous, je vous prie !

Mme Waterman est une très belle femme d'une cinquantaine d'années aux cheveux noirs relevés en chignon, vêtue d'un tailleur en tweed, strict mais élégant.

— Bonjour madame, répondons maman et moi.

— Je suis heureuse de vous rencontrer, mademoiselle Robinson. J'étais dans les tribunes vendredi soir et vous m'avez beaucoup impressionnée.

Ça y est, je sens que je rougis.

— Tout d'abord, vous avez un grand talent de sprinteuse. Mais ce qui m'a le plus plu, c'est votre attitude. Je vous ai observée juste après la course : alors que de nombreuses coureuses se seraient satisfaites de la deuxième place, presque à égalité avec la détentrice du record du monde, vous non ! Vous sembliez en colère de n'avoir pas fait mieux. Ai-je tort ?

— Non, madame, cinq yards de plus, et je la battais !

— Cette attitude me plaît. J'y vois une métaphore de ce qui se passe dans notre société. Que ce soit dans le monde de la politique, de l'industrie, de la finance, du savoir ou des arts, les hommes s'octroient depuis toujours la première place. Et nous, les femmes, n'avons droit qu'à la deuxième et dernière place. Malheureusement, une grande majorité d'entre nous s'en satisfont.

Je sens ma mère se crisper à côté de moi.

— Heureusement, certaines choisissent de se battre pour faire changer les choses et atteindre la première place. C'est grâce au combat de femmes courageuses que nous avons obtenu le droit de vote il y a huit ans...

Ma mère se tend comme un arc : combien de fois à la maison l'ai-je entendue dire que les femmes avaient mieux à faire que d'aller voter, comme par exemple s'occuper de leur foyer et de leurs enfants.

— L'IWAC est le fruit de femmes qui se sont battues pour devenir médecins, avocates, journalistes ou chefs d'entreprise. Elles ont trouvé seules le financement pour faire édifier ce bâtiment moderne, dans lequel elles peuvent aujourd'hui se réunir, discuter et se détendre, mais aussi accueillir des jeunes femmes volontaires, dont le talent ne demande qu'à éclater au grand jour. Nous avons donc le plaisir, mademoiselle Robinson, de vous offrir une carte de membre de l'IWAC. Vous pourrez ainsi vous entraîner et tenter de vous qualifier pour les Jeux olympiques d'Amsterdam...

— Les Jeux olympiques ? Mais les femmes ne participent pas aux épreuves d'athlétisme...

— Mais si ! Vous l'ignorez ? En août prochain, pour la première fois depuis la création des Jeux de l'ère moderne en 1896, il y aura des épreuves féminines : le 100 mètres, le lancer de disque, le saut en hauteur, le 800 mètres et le relais 4 x 100 mètres. Cinq épreuves pour les dames, contre vingt-deux pour ces messieurs... On est encore loin de l'égalité, mais c'est un début. Et, là encore, les femmes ont dû se battre pour obtenir ce résultat. Pour le baron Pierre de Coubertin, les Jeux devaient être « l'exaltation de l'athlétisme mâle, avec l'applaudissement féminin en récompense ». Qu'est-ce qu'il ne faut pas entendre !

Des propos dignes des garçons du club, en effet !

— Heureusement, des femmes comme la Française Alice Milliat ont fait changer les choses. Cette infatigable féministe a créé une compétition parallèle, les Jeux olympiques féminins, rebaptisés Jeux mondiaux féminins, qui a connu un beau succès en Europe. Après le départ du baron, le Comité international olympique a revu sa position et accepté la participation de femmes aux épreuves d'athlétisme à Amsterdam. Les sélections américaines auront lieu en juillet prochain à Newark. Nous avons donc quatre mois pour faire de vous une championne ! Si vos parents sont d'accord, bien entendu... Madame Robinson, acceptez-vous que votre fille s'entraîne à l'IWAC ?

La bouche, le visage et le corps de ma mère sont si crispés que j'ignore si le moindre mot pourra en sortir.

— Oui, finit-elle par lâcher entre ses dents.

Jamais un « oui » n'a à ce point résonné comme un « non ».

Visiblement, ma mère n'a toujours pas digéré que mon père lui ait imposé son point de vue...

Les semaines suivantes, les lundi, mercredi et vendredi après les cours, je prends le train pour Randolph Station, puis le bus jusqu'à l'IWAC. Parfois, quand il fait beau et que je suis en avance, je marche depuis la gare. Chicago me fait toujours la même impression : grouillante de vie ! J'y croise des Américains d'origine anglaise, italienne, irlandaise, de religion protestante, catholique, juive, de couleur blanche ou noire, riches ou pauvres, éduqués ou illettrés, parlant une multitude de langues, tous mélangés... Ils travaillent dans les bureaux, construisent des gratte-ciel, se rendent dans les magasins, vont au restaurant, assistent à des spectacles dans les théâtres et les cabarets. Ici, tout semble possible : avec de la volonté, tout le monde peut réussir sa vie !

Les trajets sont épuisants, mais je me sens tellement chanceuse. À Chicago, je suis libre : je fais et je vois des choses qu'aucune fille de mon lycée ne fait ni ne voit ! Longtemps, j'ai envié Brittany, sa popularité auprès des garçons, ses amourettes, ses seins et ses fesses. J'essayais à tout prix de lui ressembler. Mais quel est son rêve ? Elle rencontrera un homme, se mariera, aura des enfants, s'occupera de son foyer et le soir réchauffera la soupe pour son mari et ses enfants...

Rien à voir avec le destin des femmes de l'IWAC ! Lorsque je pénètre dans le bâtiment et que je croise l'une d'elles, j'essaie d'imaginer sa journée. A-t-elle livré une plaidoirie brillante au tribunal ? Fait-elle de la recherche scientifique ? Est-elle sur le point de découvrir un nouveau vaccin ? Dirige-t-elle une entreprise et donne-t-elle des ordres à ses adjoints ?

À l'entrée du vestiaire, je montre ma carte de membre au groom, qui me tend un peignoir, une serviette et la clé d'un casier. Je me change et enfile mon survêtement avec les lettres IWAC inscrites en capitales rouges. Je suis tellement fière ! Ensuite, je ressors du building et me rends sur la piste d'athlétisme voisine, que l'Athletic Club partage avec des étudiants de l'université DePaul. Je ne regrette vraiment rien du club du lycée, si ce n'est la gentillesse du professeur Price et les beaux yeux de Bob.

Les coachs de DePaul, qui nous entraînent, me donnent d'excellents conseils. Un jour, l'un d'eux m'explique par exemple qu'avant une course, si je visualise dans ma tête le départ et les premières foulées, ça m'aidera ensuite à les réaliser le mieux possible. J'essaie et ça fonctionne en effet plutôt bien.

Au fil des semaines, je me rapproche d'Helen Filkey et nous devenons amies. D'une part, c'est une grande championne et j'apprends beaucoup en la regardant s'échauffer, s'entraîner, se concentrer avant un départ... Elle se prépare avec beaucoup de sérieux pour le meeting du Soldier Field, en juin prochain, et pour les qualifications aux Jeux olympiques, un mois plus tard.

D'autre part, en plus d'être une grande championne, Helen est une chouette fille. À vingt ans, grâce à l'athlétisme, elle a voyagé à travers tous les États-Unis (moi, je n'ai jamais été plus loin que le camping de Stone Lake où nous passons nos vacances d'été, à moins de soixante-dix kilomètres de Chicago). Elle a rencontré beaucoup de gens passionnants (avant l'IWAC, mon horizon se limitait à ma famille, aux copains du lycée et à la boulangère de Riverdale). Elle a vécu des moments très intenses (jusque-là, le top de ma vie, c'est quand j'ai joué *Hamlet* au club de théâtre devant tous les parents et que j'ai eu un trou de mémoire au début de l'acte III...). Enfin, grâce à l'athlétisme, Helen s'est forgée un caractère fort : elle fait les choses dont elle a envie, même si c'est mal vu, même si c'est réservé aux garçons.

Helen est une fille admirable.

Une fille que j'admire énormément.

Chapitre 7

Sur un nuage à Soldier Field

Le samedi 2 juin 1928, j'ai marché sur les nuages.

À deux reprises.

Ce qui s'est passé se produit très rarement. C'est un phénomène difficile à comprendre, et plus difficile encore à expliquer : les mots qui servent à décrire le monde qui nous entoure ne suffisent pas. Il faut l'avoir vécu.

Cela s'est donc passé le 2 juin 1928.

Je me revois arrivant à Soldier Field. Le stade est immense : construit selon les plans des stades grecs de l'Antiquité, inauguré en 1924 et baptisé « Soldier Field » en l'honneur des vétérans de 14-18, il peut accueillir plus de cent mille spectateurs. Je ne suis pas plus impressionnée que cela. D'abord, la compétition organisée par l'Union athlétique amateur est uniquement féminine et l'athlétisme féminin n'intéresse personne : malgré les pleines pages de publicité dans le *Chicago Evening American,* qui sponsorise l'événement, et la distribution de places gratuites, les tribunes sont presque vides. Ensuite, cela fait maintenant quatre mois que je m'entraîne durement : je me sens détendue et sûre de moi.

Ces bonnes sensations se confirment à l'échauffement. Aucune douleur, un corps qui répond parfaitement à mes sollicitations. Je suis très concentrée, comme dans une bulle : je ne m'intéresse pas à ce qui m'entoure, ni à l'hymne national, ni aux annonces dans le haut-parleur, ni aux autres compétitions. Mon unique objectif est de battre Helen Filkey. J'y suis parvenue à plusieurs reprises à l'entraînement à l'IWAC ; je veux maintenant le faire en compétition officielle sur 100 mètres, distance choisie en prévision des Jeux olympiques. Helen *vs* Betty, la revanche.

La sensation étrange débute lorsque le starter nous appelle sous ses ordres. Mes mains creusent les trous dans la piste pour y caler mes pieds, mais mon esprit est ailleurs, quelque part entre la ligne de départ et la ligne d'arrivée. Je ne m'intéresse pas à mes adversaires – Helen est dans l'autre demi-finale. Je ne pense à rien et, en même temps, je pense à tout. Quand le starter crie « À vos marques ! », mon corps se met en mouvement tout seul, tel un automate. Mes sens sont exacerbés : je vois tout, j'entends tout, avec une lucidité extrême. Je sens même les grains de la piste à travers mes chaussures.

Lorsque le starter hurle « Prêtes ? », cela peut paraître incroyable, mais je perçois parfaitement sa respiration malgré le bruit ambiant. Je sais qu'avant de tirer un coup de feu, il faut bloquer sa respiration (mon père m'a appris à tirer à la carabine quand j'étais petite). J'entends le starter bloquer la sienne et, *pan !* je prends un départ parfait.

Ensuite, tout devient encore plus étrange : dès les premières foulées, le temps cesse de s'écouler normalement. Il s'étire, s'allonge à l'infini. J'ai l'impression d'avoir tout mon temps pour poser mes pieds là où il faut, pour accélérer quand il faut. Comme si je courais au ralenti. Pourtant, mes concurrentes sont derrière moi. Je vais donc plus vite qu'elles. C'est à n'y rien comprendre ! Et lorsque j'atteins ma vitesse de pointe, tout semble si facile que je suis capable de produire une seconde accélération. Je ne cours pas, je survole la piste, je flotte dans l'air !

Au moment de franchir la ligne d'arrivée, je suis incapable d'estimer mon temps. Cette course a été tellement folle, si longue et si courte à la fois ! Je suis sous le choc. Je jette un œil dans les tribunes, à la recherche de mon père et de mon beau-frère Jim. Les spectateurs semblent eux aussi dans un état second. Visiblement, il vient de se passer quelque chose. Des cris retentissent à l'annonce de mon chrono : 12 secondes, 0 dixième. Record du monde battu de deux dixièmes ! Mais, avant que j'aie le temps de comprendre la portée de mon exploit, un juge-arbitre signale que le vent est trop fort : mon chrono ne sera pas homologué.

Je ne suis pas déçue. Alors que je devrais être bouleversée par ce que je viens de vivre, par cette course fabuleuse et par ce record du monde battu puis annulé, je me sens au contraire sereine, pleine des sensations incroyables. Je retourne dans ma bulle et entame ma préparation pour la finale. Car tout reste à faire : mon objectif est de battre Helen. Moi qui doute souvent de mes capacités, je n'ai aucun doute sur l'issue de la soirée : je vais gagner. Aujourd'hui, je suis intouchable, indestructible, invincible.

Lorsque le starter nous appelle pour la finale, l'état de grâce se reproduit à l'identique. Mon corps sait exactement quoi faire et il le fait à la perfection. Mes sens aux aguets perçoivent avec une intensité incroyable les moindres bruits, les plus petits mouvements, le sens du vent. Mon esprit est partout, dans mon corps, mais aussi flottant au-dessus de celui de mes concurrentes, dans le pistolet du starter, sur la ligne d'arrivée.

Au coup de feu, j'ai déjà de l'avance sur Helen. Encore une fois, le temps s'étire, me permettant de réaliser un geste parfait à chaque foulée. Je survole la course avec légèreté, aisance et puissance. Un moment de pur plaisir. J'aimerais qu'il dure éternellement...

En franchissant la ligne d'arrivée, je lève les bras au ciel et laisse éclater ma joie. Je sais que j'ai gagné ! Mon temps est rigoureusement le même que lors de la demi-finale, mais le vent aussi : mon deuxième record du monde de la soirée ne sera pas homologué. Qu'importe ! Helen vient me féliciter. Papa saute des tribunes, m'enlace et crie à la volée que je suis sa fille et qu'il est fier de moi. Les spectateurs applaudissent.

Peu à peu, je redescends sur terre et réalise la portée de mon exploit : je suis la coureuse la plus rapide au monde sur 100 mètres ! Cette performance m'ouvre les portes des sélections américaines pour les Jeux olympiques, le mois prochain à Newark. Et si je me qualifie, je prendrai le bateau pour l'Europe, je découvrirai Amsterdam et je défendrai les couleurs de mon pays dans la plus grande compétition sportive au monde. Le rêve !

J'ai seize ans, bientôt dix-sept, et plus rien ne peut m'arrêter...

Chapitre 8

Champ de bataille à la maison

Le professeur Price m'avait prévenue : pour être une championne, il faut savoir se battre. Au club d'athlétisme du lycée, je m'étais battue contre les garçons et leurs préjugés d'un autre temps. Sur la piste, je m'étais battue à la loyale contre Helen Filkey et mes concurrentes. Mais le combat qui m'attendait, je ne l'avais pas vu venir… Comment imaginer que mon adversaire la plus coriace serait la personne que j'ai le plus aimée ?

— Championne olympique ? Pourquoi veux-tu devenir championne olympique ?

Maman n'arrive pas à comprendre ma passion pour le sprint. Je sais qu'elle déteste le sport et qu'elle a fait un gros effort pour venir me voir courir au Riding Club, lors de ma première compétition. Ensuite, elle s'est opposée à ce que je m'entraîne à l'IWAC. Et hier, elle n'est pas venue à Soldier Field. Je ne lui en veux pas : c'est son droit. Mais pourquoi ne me soutient-elle pas ? Une mère ne doit-elle pas aider sa fille à réaliser ses rêves, même si elle ne les partage pas ?

Je croyais que ma participation aux sélections olympiques allait de soi et j'apprends aujourd'hui que maman n'a pas encore donné son accord. Je suis anéantie. Elle prétend que Newark est loin de Chicago et que je suis trop jeune pour un si long voyage. Je lui ai expliqué que Mme Waterman nous accompagnerait, Helen, moi et les autres filles de l'IWAC, mais ça ne suffit visiblement pas. Papa veut bien que j'y aille, mais maman doit encore « y réfléchir ». Je ne comprends pas.

Deux jours plus tard, à l'heure du dîner.

— Tiens, lance maman au détour de la conversation, j'ai croisé la mère de Marjorie. Tu te souviens, Betty, ta camarade de classe en primaire ?

— Bien sûr.

— Marjorie est très douée pour le piano. Elle aimerait devenir concertiste. Tu ne voudrais pas reprendre la guitare ?

Je regarde ma mère avec de grands yeux écarquillés.

— Bah... pourquoi veux-tu que je reprenne la guitare ?! J'ai arrêté parce que j'étais nulle et que j'aimais pas ça.

— Je ne sais pas… C'est un bel instrument. Et ça rend heureux les gens qui écoutent. C'est une activité utile.

Ah, ça y est, je percute !

— Parce que la course à pied ne sert à rien, dis-je pour aller au bout de sa pensée.

— Eh bien… ce n'est pas très utile, en effet, répond ma mère.

— Tu te trompes, maman ! D'abord, l'athlétisme m'est utile à moi. Quand je cours et que mon geste est parfait, je me sens bien. Parfois, j'ai même l'impression de voler ! Et puis, grâce à l'athlétisme, j'ai pris confiance en moi : je sais qu'il y a un domaine dans lequel je suis excellente…

Ma mère se tait.

J'enfonce le clou :

— Ce que j'ai fait à Soldier Field, aucune femme au monde n'y était jamais parvenue. J'ai repoussé les limites de ce qu'il était possible de faire. Le temps d'une soirée, les spectateurs ont été heureux. Pas vrai, papa ?

Mon père hoche la tête.

— C'est donc utile, l'athlétisme. Tu aimerais que je sois une artiste ? Mais athlète et artiste, c'est la même chose ! Comédien, pianiste, chanteur, sprinteur, gymnaste ou footballeur, c'est pareil ! Lorsqu'ils sont bons, ils transmettent une émotion à ceux qui les regardent. Cinquante mille spectateurs dans un stade valent-ils moins que cinq cents dans un théâtre ?

— ...

— De toute façon, ça ne sert à rien de discuter. Tu n'aimes pas le sport. Tu ne peux pas comprendre.

Ma mère hausse les épaules et se tourne vers mon père :

— Et toi, Harry, ta journée ?

Ma mère remet ça les jours suivants, le plus souvent au moment du dîner.

— Bien, très bien... marmonne mon père, un œil sur son journal, l'autre dans son assiette de gratin.

— Qu'y a-t-il ? demande ma mère.

— Rien, je lis les pages financières... L'économie du pays est florissante et c'est bon pour la banque. Nos clients empruntent de l'argent pour acheter des actions.

— C'est quoi une action ? dis-je.

— C'est un titre de propriété. Si tu achètes en Bourse l'action d'une entreprise, tu possèdes une petite part de celle-ci. Grâce à ton argent, l'entreprise peut par exemple investir dans du matériel. Si elle se débrouille bien et si elle prospère, beaucoup de personnes voudront acheter des actions de cette entreprise et celles-ci prendront de la valeur. Tu auras alors fait une bonne affaire, car tu pourras revendre la tienne plus cher. Quand l'économie se porte aussi bien qu'aujourd'hui, tout le monde est gagnant : les entreprises qui vendent des actions, les particuliers qui les achètent, et les banques qui servent d'intermédiaire.

— L'économie du pays se porte peut-être bien, objecte ma mère, mais moi, ce que je vois, c'est que le prix du pain et du lait augmente. À ce propos, Betty, ton voyage à Newark va coûter cher, entre le prix du train et de l'hôtel. Tu tiens vraiment à y aller ?

Je ne peux m'empêcher de lever les yeux au ciel devant une attaque aussi sournoise ! D'abord, je sais que le salaire de mon père est plus que confortable et on ne se prive de rien à la maison. Ensuite...

— Mais m'man, je te l'ai répété mille fois : le *Chicago Evening American* a décidé de me parrainer. Le journal prendra à sa charge tous les frais. Ça ne vous coûtera pas un dollar !

— Ah oui, c'est vrai, reconnaît ma mère, cachant mal sa mauvaise foi.

Un soir, alors que je sors de ma chambre pour aller aux toilettes, je capte au passage quelques mots d'une conversation en provenance du salon : docteur Bergman... Betty... dangereux...

Malgré mon envie pressante, je me cache derrière la porte et j'écoute : ma mère explique à mon père qu'elle a rencontré notre médecin de famille, le vieux docteur Bergman (il est si vieux qu'il a dû faire sa médecine avec Hippocrate en personne). Il a raconté à maman que le sport en général, et l'athlétisme en particulier, était déconseillé pour les jeunes femmes. Des études montraient par exemple que le développement de la musculature entraînait une masculinisation des filles, avec de fâcheuses conséquences : difficultés à avoir des bébés pour certaines, attirance pour les filles plutôt que pour les garçons pour d'autres, raccourcissement de la durée de vie pour toutes...

Je bondis hors de ma cachette :

— Ce sont des conneries !

— Betty, ton langage !

— Mais m'man, ce sont des bêtises ! Helen m'a dit que de nouvelles études démontraient au contraire les bienfaits du sport sur le cœur et sur la pression sanguine des femmes. Et ça n'a aucune influence sur la féminité !

— Parce que les connaissances médicales de ta jeune amie sont sans doute plus étendues que celles du docteur Bergman !

— Ce ne sont pas ses connaissances à elle, dis-je à toute vitesse, pressée par ma vessie. Ce sont les recherches les plus récentes des savants. Si les études citées par le docteur Bergman sont aussi vieilles que lui, elles sentent la poussière !

— Betty, je t'interdis de parler ainsi !

— Mais ça se saurait si l'exercice physique diminuait la durée de vie des femmes. Pendant la guerre, quand les hommes étaient au front, ce sont les femmes qui ont été dans les champs et dans les usines. Elles faisaient un travail aussi dur que celui des hommes. Ça ne les a ni tuées ni empêchées d'avoir des enfants après la guerre.

— Tu mélanges tout. Là, je parle d'athlétisme.

— Mais c'est la même chose… Oh, puis merde ! conclus-je en me ruant aux toilettes.

— Betty, hurle ma mère, ton langage !!!

Je ne sais pas ce qui s'est passé, ni quand cela s'est passé.

Lorsque j'étais petite, ma mère était tout pour moi. C'était une reine. Notre maison était son château : elle y régnait avec douceur et justice, maintenant l'ordre dans les chambres et la paix avec mes sœurs. Riverdale était son royaume : elle en connaissait toutes les rues, tous les commerces. Avec elle, je n'avais jamais peur de me perdre. Et les gens du quartier la saluaient avec révérence. J'étais impressionnée, car elle était connue et aimée de tous. Je l'admirais.

En plus d'être une reine, maman était aussi une fée. À l'aube, elle pénétrait dans la salle de bains échevelée et en robe de chambre, puis en ressortait resplendissante et parfumée. Le matin, grâce à sa magie, elle transformait un fond de farine, de beurre et d'eau en pâte brisée. Le soir, elle avait le pouvoir de donner vie aux personnages des livres qu'elle me lisait. Et, toute la journée, ses câlins métamorphosaient mes larmes en sourires.

Aujourd'hui, lorsque je la regarde, je vois une femme entre deux âges, qui passe ses journées à briquer un appartement déjà impeccable et à préparer des repas moins bons que ceux de la cantine. Et Riverdale, ce royaume qu'elle ne quitte jamais, est un village mort où il ne se passe rien...

La fée légère qui me tirait autrefois vers le haut est devenue un boulet accroché à mon pied, qui m'empêche de prendre mon envol.

Et puis un soir, il y a le dîner de trop.

— Ça va, ma chérie ? demande mon père à ma mère. Tu as l'air épuisée.

— Oui, je suis fatiguée... Tu as senti l'odeur en entrant ?

— Oui, ça sent la cire d'abeille. Le parquet est magnifique !

— C'était un gros travail. Et je l'ai fait seule.

Ça, c'est pour moi.

— Betty m'aide beaucoup moins depuis qu'elle s'entraîne à Chicago.

Ne pas tomber dans le piège : ne pas réagir !

— Tu pourrais faire un effort, approuve mon père.

SURTOUT NE PAS RÉAGIR !!!

— Je ne te demande pourtant pas grand-chose, insiste ma mère, juste de participer un peu aux tâches ménagères.

— Oh, c'est bon...

Ça m'a échappé.

— Non, ce n'est pas bon !!! Tu ne fais plus rien !

— Quoi ?! Je ne fais plus rien ? Ma chambre, c'est moi qui la range, non ? Je mets la table et j'aide à faire la vaisselle. En plus de faire mes devoirs et d'aller en cours. Tu voudrais quoi ? Que je reste à la maison toute la journée pour t'aider ? Que j'arrête mes activités pour cirer le parquet ? C'est ça ton ambition pour moi ? Que je devienne une parfaite petite ménagère ?! Tu as réussi ton coup avec Evelyn et Jeannette. Tu peux être fière : tes filles aînées sont des mères au foyer modèles, qui font la sousoupe à leur mari ! Mais moi, pas de chance, je veux autre chose ! Je veux voyager, rencontrer des gens, aller en Europe, devenir quelqu'un. Je veux vivre ! Tu m'entends ? Vivre !!! C'est pas parce que tu n'as jamais eu aucun rêve ni aucune ambition que je n'ai pas le droit d'en avoir, moi...

Tout est sorti comme ça, d'une traite, sans que je puisse m'arrêter.

Ma mère est K.-O., avachie sur son siège, comme après un violent coup de poing dans le ventre. Des larmes coulent sur ses joues. Elle se lève et sans un mot va s'enfermer dans la chambre.

Mon père a ce visage rouge de colère qui me faisait si peur quand j'étais petite : les yeux plissés, les dents serrées, les narines ouvertes, la tête oscillant rapidement de droite à gauche, comme s'il faisait un effort pour ne pas me gifler. Je suis tétanisée.

— Je t'interdis de parler comme ça à ta mère ! explose-t-il. Tu m'entends ? JE TE L'IN-TER-DIS !!! Tu es ici chez nous, dans notre maison ! Alors tu respectes nos règles. Et tu nous respectes ! Tu reparles une seule fois comme ça à ta mère, et je te mets dehors ! Tu m'as bien compris ? Je te vire !

Mon père se lève et rejoint ma mère dans leur chambre.

Je reste un long moment assise à table, devant mon assiette tiède, anéantie.

Le lendemain au petit déjeuner, je présente de froides excuses à ma mère. Je lui dis que je suis désolée si je lui ai fait du mal (c'est un peu vrai), mais je refuse de revenir sur ce que j'ai dit (je le pense sincèrement).

L'appartement est devenu un champ de bataille fumant où, après un violent combat, les soldats errent dans les décombres pour faire l'inventaire de ce qui peut être sauvé et de ce qui est détruit.

Définitivement détruite : ma relation avec ma mère. Plus envie d'avoir affaire à elle. Pas envie de recoller les morceaux. Je ne lui parle plus et elle ne me parle plus. Même lorsque le sel est à côté d'elle sur la table, je le demande à mon père. On n'a rien à se dire. Elle est incapable de me comprendre.

Définitivement détruit : l'appartement comme lieu où je me sens bien, en sécurité. Le soir, je reste le plus longtemps possible au lycée avec Brittany ou à l'entraînement avec Helen. Partout plutôt qu'à la maison avec ma mère.

Peut être sauvé : mon père. Nous avons toujours été très proches. Ma mère lui reproche souvent d'être trop laxiste avec moi, de m'autoriser des choses qu'il interdisait à mes sœurs. Depuis le clash, notre relation est glaciale. J'espère qu'elle va se réchauffer.

En suspens : l'athlétisme. Je m'entraîne toujours aussi dur, mais le plaisir n'y est plus. M'entraîner pour quoi ? Mes parents ne m'ont toujours pas dit s'ils m'autorisaient à aller à Newark. Après ce qui s'est passé, il y a peu de chances...

Assise au milieu du champ de bataille, j'attends.

Chapitre 9

Sans repères à Newark

1er juillet 1928.

Je n'ai jamais aimé les adieux.

Et celui-là est le pire de tous.

Nous sommes quatre, accoudées à la fenêtre ouverte du compartiment. Il y a mon amie Helen, la sauteuse en longueur Nellie Todd, la directrice de la section sportive de l'IWAC et moi-même. Dehors, sur le quai de la gare, se trouvent les parents d'Helen et ceux de Nellie, leurs frères et leurs sœurs, le mari de Mme Waterman, leurs trois enfants. « Je t'aime ! » « Moi aussi, je t'aime très fort ! » Et vas-y que je secoue mon mouchoir. Et que je souris béatement. Et que je verse ma larmichette. « Maman revient dans une semaine ! » « Nous penserons à toi tout le temps ! »

Et il y a mon père, impassible, qui attend le départ du train. Et moi qui le regarde tristement. Pas la tristesse du départ, non, la tristesse du gâchis.

Je ne sais pas ce qui a poussé mes parents à m'autoriser à aller à Newark, mais ils ont fini par me donner leur accord. Peut-être ont-ils voulu se débarrasser de moi quelques jours, histoire de se retrouver un peu seuls. Je n'ai pas renoué pour autant avec ma mère. Mon père a donc fait son devoir de père et m'a accompagnée à la gare en silence.

Lorsque le chef de quai siffle enfin le départ du train et qu'un gros nuage de fumée noire s'échappe de la locomotive à vapeur, alors que les larmes et les bisous volants redoublent, mon père et moi, chacun de notre côté, sommes soulagés que ça se termine.

Le train s'ébranle et quitte la gare de Chicago. Direction New York, où nous arriverons dans vingt-trois heures, après mille trois cents kilomètres parcourus, trois repas pris dans le wagon-restaurant, une nuit à dormir sur des couchettes et une quinzaine d'arrêts dans des gares pour embarquer des passagers ou refaire le plein de charbon et d'eau. Ensuite, nous prendrons un autre train pour Newark, à quinze kilomètres à l'ouest de New York.

Après l'excitation de la première heure et de la ville qui cède la place à la banlieue, puis aux villages, puis aux grandes plaines, la monotonie s'installe. Helen, Nellie et Mme Waterman discutent de nos chances de qualification pour Amsterdam.

Celles de Nellie sont minces : elle détient le record du monde de saut en longueur, mais, cette discipline n'étant pas au programme des Jeux, elle s'alignera sur 800 mètres, distance qu'elle connaît mal. Celles d'Helen et les miennes sur 100 mètres sont meilleures, mais il faudra se méfier des excellentes sprinteuses californiennes, notamment de l'étoile montante Elta Cartwright.

Bercée par le défilement du paysage et par la discussion des filles, je me perds dans mes pensées. Je suis, au sens propre, perdue. Je rêvais d'aller à Newark, mais, maintenant que j'y vais, je n'arrive plus à m'en réjouir. Je pense à ma mère, mon père, mes sœurs, à Riverdale, au lycée, à l'athlétisme, à ma vie, à ce que je veux en faire. Après Soldier Field, je débordais de certitudes : j'étais la plus rapide au monde et j'allais facilement me qualifier pour les Jeux. Un mois plus tard, j'en doute. Pire, je ne sais même plus si j'ai encore envie d'aller en Europe. Plus aucune motivation, que de l'amertume. Je ne suis plus sur un nuage, mais en plein brouillard.

— Ça va, Betty ? s'inquiète Mme Waterman à plusieurs reprises au cours du voyage. Tu es bien silencieuse...

— Ça va, madame. Je pense à la course.

— N'y pense pas trop ! Ne te mets pas la pression !

Dans la chaleur étouffante de ce début juillet, le voyage, la nuit, les repas, les arrêts dans les gares, tout me semble interminablement long. Et lorsque les gratte-ciel de New York apparaissent enfin au-dessus de l'horizon, je ne peux m'empêcher d'être déçue : je les imaginais brillants, dorés, argentés, je ne sais comment encore, en tout cas magnifiques, et ils sont juste gris. Et Newark, que nous atteignons après un changement de train, n'est rien d'autre qu'une petite ville de banlieue, en tout point semblable à Riverdale…

Les qualifications pour les Jeux ont lieu deux jours plus tard, le 4 juillet 1928, au Newark Schools Stadium. Sur les quinze mille places disponibles, seules quinze cents sont occupées. Un spectateur pour neuf sièges vides. Déçus, les organisateurs mettent ça sur le dos de la Fête nationale et du beau temps : les gens ont préféré rester chez eux à faire griller des saucisses sur leur barbecue. Peut-être n'ont-ils tout simplement pas envie de voir des filles courir ou lancer des disques…

Avant la compétition, Mme Waterman nous réunit, Helen, Nellie et moi, et nous demande de former un cercle en nous donnant la main. Elle se lance dans un discours pour nous motiver. Elle nous dit que nous allons nous battre pour l'honneur de l'IWAC qui a cru en nous (en effet), de notre belle ville de Chicago (pourquoi pas), de l'état de l'Illinois (bof) et de notre famille (certainement pas).

Mais son discours d'encouragement ne sert pas à grand-chose. En fin de matinée, Nellie finit dans les profondeurs du classement du 800 mètres. Il fallait s'y attendre. Elle n'ira pas à Amsterdam.

En début d'après-midi, c'est au tour d'Helen d'échouer. Après avoir gagné sa série du 100 mètres, elle finit troisième de sa demi-finale, derrière deux inconnues. Elle est abattue : pendant deux ans, elle a régné sur le 100 mètres féminin et rien ne laissait présager cette contre-performance. Je suis très déçue pour elle.

Il ne reste donc plus que moi pour sauver l'honneur de l'IWAC. Je ne sais pas à quoi m'attendre : je suis la meilleure sur le papier, mais la déconvenue d'Helen prouve qu'en athlétisme on peut vite tomber de son trône. Et, mentalement, je ne me sens pas en mesure de rééditer l'exploit du Soldier Field.

Lors de ma série, je fais 12 secondes et 4 dixièmes. C'est un chrono correct, sans plus, mais suffisant pour gagner la course. En demi-finale, je réalise exactement le même temps, et gagne là encore la course. Tout se jouera en finale. Je sais d'ores et déjà que je ne serai pas favorite : dans la quatrième demi-finale, la Californienne Elta Cartwright a confirmé son statut d'étoile montante en égalant le record du monde, à 12 secondes et 2 dixièmes.

Sa performance me blesse dans mon orgueil. L'étoile montante de l'athlétisme, c'est moi, pas elle !

Je décide de réagir. Avant la finale, je fais le vide dans ma tête. Ce qui s'est passé à la maison ne doit plus polluer mon esprit. Je suis sur une piste d'athlétisme et mes seules adversaires, ce sont mes concurrentes. Je dois les battre et prouver à ceux qui croient en moi – ainsi qu'à celle qui ne croit pas en moi – que je suis la meilleure ! Et je vais le faire !

Lorsque la course démarre, je jette toutes mes forces dans la bataille. Elta a pris le meilleur départ, mais je vais la rattraper. Je tente le tout pour le tout, essaie d'accélérer, sans y parvenir. Elta reste en tête. La ligne d'arrivée approche à grands pas et je sens la victoire m'échapper. Je ne peux rien faire...

Elta Cartwright remporte la finale et exulte de joie, bruyamment félicitée par le clan californien.

Je suis deuxième. Avant la course, lorsque je ne savais pas à quoi m'attendre, j'aurais signé pour cette deuxième place. Mais maintenant que je l'ai, je ne peux m'empêcher d'être déçue. Helen me rejoint et tente de me consoler en me disant que j'ai sauvé l'essentiel.

N'empêche, je ne suis plus la meilleure.

Le soir, dans la chambre d'hôtel que je partage avec Helen et Nellie, je prends un stylo et deux feuilles de papier.

Sur la première, je rédige une courte lettre pour le *Chicago Evening American*, qui a financé mon voyage et dont les lecteurs espéraient ma victoire :

«Je suis désolée de ne pas avoir été à la hauteur des attentes que vous aviez placées en moi, mais j'ai fait de mon mieux. Nous avons couru trois 100 mètres en une heure, par une température très élevée. Nous étions toutes très fatiguées.»

Ce n'est pas une excuse, car les conditions météo étaient les mêmes pour tout le monde, mais je ne peux tout de même pas dire qu'il y a une guerre civile à la maison.

«Je vais m'entraîner dur pour essayer de me rapprocher à nouveau du temps de mon record car, en finale, j'en étais loin.
Je promets de m'entraîner plus dur que jamais pour faire bonne figure aux Jeux olympiques, car maintenant je sais ce que c'est qu'être battue.»

Sur la deuxième feuille, j'écris le texte d'un télégramme pour mes parents :

« Deuxième place en finale. STOP. Donc qualifiée pour les Jeux. STOP. M'autorisez-vous à y aller ? STOP. Si oui, départ pour Amsterdam dans une semaine. STOP. Signé : Betty »

Chapitre 10

Retrouvailles à New York

Je n'ai jamais aimé les adieux, mais j'ai toujours adoré les retrouvailles, les embrassades de joie, les « tu m'as tellement manqué ! », les larmes de bonheur.

Pourtant, ces retrouvailles-là, je les appréhende.

Je suis à New York, sur le quai 12 de Grand Central Terminal. Le train en provenance de Chicago a déjà trente-cinq minutes de retard. Je relis le télégramme reçu de mes parents en réponse au mien.

« T'autorisons à aller à Amsterdam. STOP. Arrivons avec affaires le 7 juillet par train de 15h45. STOP. Prière réserver hôtel et attendre à la gare. STOP. Tes parents. »

Lorsque je l'ai reçu, j'ai été très soulagée d'apprendre qu'ils me laissaient aller à Amsterdam, malgré ce qui s'était passé. Comme je suis mineure, sans leur autorisation, j'aurais dû renoncer. Ce que je ne comprends pas dans le message, c'est qui vient. Mes deux parents ? Mon père travaille et n'est pas très disponible. Je prie le ciel pour que ma mère ne déboule pas seule.

Lorsque le train entre en gare avec cinquante-cinq minutes de retard, un flot de voyageurs épuisés par le trajet et la chaleur, chargés de gamins et de valises, en sort. J'attends. Je guette, inquiète. Et je la vois dans la foule. Je cherche encore. Personne d'autre. Ma mère est seule.

— Bonjour maman.

— Bonjour Betty.

— Donne-moi tes valises. Je t'accompagne à l'hôtel. C'est à dix minutes à pied.

Les dix plus longues minutes de ma vie : nous marchons côte à côte jusqu'à la 34e Rue, sans dire un mot. C'est en compagnie des personnes les plus proches qu'on se sent parfois le plus seul... Nous déposons les affaires à l'hôtel. Que faire maintenant ? Je ne peux pas la laisser seule et je refuse de prendre un verre en tête à tête avec elle.

— Tu veux qu'on visite Manhattan ? Après ton voyage, tu as peut-être envie de te dégourdir les jambes...

— Oui, faisons ça.

Nous sortons, marchons jusqu'à Broadway, puis prenons un tramway électrique en direction du sud. Nous sommes assises côte à côte, ma mère regardant à droite et moi à gauche. Les immeubles défilent, gris et monotones. La foule anonyme court sur les trottoirs. Les automobiles klaxonnent et les chevaux des calèches hennissent. Une odeur désagréable, mélange de crottin, de bretzels chauds et de gaz d'échappement, envahit l'avenue. Et la canicule écrase tout sous son poids, faisant ruisseler les humains et suinter le goudron des trottoirs. Je déteste New York.

Nous sortons au terminus de la ligne, à la pointe sud de Manhattan. Devant nous, la mer.

— Oh ! s'exclame ma mère, la statue de la Liberté ! On peut la voir de plus près ?

— Si tu veux.

Nous traversons Battery Park jusqu'à la rive. Debout sur son îlot, à droite de la baie de New York, la statue est si lointaine qu'elle paraît minuscule. Nouvelle déception. Alors que je m'apprête à faire demi-tour, je perçois une émotion dans les yeux de ma mère.

— C'est la statue qui te fait cet effet ? Moi, je la trouve bien petite par rapport aux photographies...

— Non, ce n'est pas elle. Enfin, oui et non.

— Alors c'est quoi ?

— Tu vois la petite île, à droite de la statue ? C'est Ellis Island.

— Oui et...

— Je suis contente de la voir. Ton père m'en a beaucoup parlé. C'est là qu'il a débarqué, lorsqu'il a quitté l'Irlande. C'est là qu'arrivent la majorité des migrants en provenance d'Europe. Ils y restent jusqu'à ce que les autorités leur donnent des papiers officiels. Et s'ils sont malades, on les met en quarantaine.

— Papa y est resté longtemps ?

— Non, quelques jours. Mais il m'a aussi parlé de la statue de la Liberté. D'ici, elle paraît toute petite, mais lorsque les migrants arrivent en bateau dans la baie de New York, ils la voient de près. Certains fuient la misère, d'autres la guerre ou la répression. La statue est pour eux la promesse de jours meilleurs. Papa en garde précieusement une petite photo dans son portefeuille.

— Je ne savais pas.

— Tu ne sais pas tout.

Je regarde encore la statue et la vois différemment, maintenant. J'essaie d'imaginer l'émotion de mon père lorsqu'il a débarqué sur Ellis Island. Il avait vingt ans, l'avenir devant lui et certainement des rêves plein la tête. Cela a dû être un moment très fort.

— J'aurais aimé être à la place de papa, dis-je, songeuse.

— C'était très dur, tu sais, il a tout quitté. Mais ça a été encore plus dur pour ceux qui sont restés...

— Que veux-tu dire ?

— Papa a laissé ses parents en Irlande. Pendant plusieurs mois, ils n'ont eu aucune nouvelle de lui. Ils ne savaient pas ce qu'il devenait, s'il allait bien, s'il était encore en vie. C'est pour eux que ça a été le plus dur.

— Papa avait vingt ans et il était fort comme un Irlandais. Il ne pouvait rien lui arriver. Ses parents ne devaient pas s'inquiéter.

— Les parents s'inquiètent toujours pour leurs enfants, même lorsqu'ils sont grands et forts.

Je regarde ma mère, étonnée.

— Tu t'inquiètes pour moi ?

Long silence.

— Oui, finit-elle par répondre.

— Tu t'inquiètes pour quoi ?

Autre silence.

— Pour tout. J'ai peur chaque fois que tu te rends à l'IWAC : tu pourrais être renversée par une automobile ou agressée par un homme. Tu pourrais te blesser à l'entraînement. Je t'imagine alors à l'hôpital, inconsciente, incapable de dire qui tu es. Et je m'imagine partant à ta recherche avec papa, faisant la tournée des commissariats et des hôpitaux de Chicago...

— Mais... pourquoi veux-tu qu'il m'arrive tout ça ? Je suis prudente.

— C'est comme ça, Betty, une mère a peur pour ses enfants. Tu veux savoir pourquoi je suis heureuse qu'Evelyn et Jeannette vivent à la maison ? Ce n'est pas, comme tu le crois, parce que mon unique ambition pour elles est qu'elles soient de bonnes mères de famille. Non ! C'est parce qu'à la maison je les sais en sécurité.

En entendant ma mère parler, je tombe des nues. Je savais qu'une mère s'inquiétait pour son bébé ou son petit enfant, mais je ne m'étais pas rendu compte que cela continuait lorsque les enfants devenaient adultes.

— C'est pour ça que tu ne voulais pas que j'aille à l'IWAC ?

— Oui, c'est pour ça. Et c'est aussi pour ça que je ne voulais pas que tu ailles à Newark. Et aussi pour ça que je n'ai pas envie que tu ailles en Europe. Je suis fière de toi, Betty, tu ne peux pas imaginer à quel point je suis fière de toi. Fière de ton record, fière que tu te sois qualifiée pour les Jeux, fière que tu sois forte et indépendante. Moi, fille d'immigrés et épouse d'immigré, j'ai donné naissance à la plus courageuse des filles ! Je n'y connais rien en athlétisme, mais tu ne peux pas imaginer à quel point je suis fière de toi...

Des larmes me montent aux yeux.

— Et en même temps, poursuit-elle, je crève de peur. Que va-t-il t'arriver maintenant ? Le navire qui t'emmènera aux Pays-Bas va-t-il couler comme le *Titanic* ? Vas-tu finir dévorée par des requins au beau milieu de l'Atlantique ? Et même si tu arrives saine et sauve, que va-t-il se passer ? Les maris d'Evelyn et de Jeannette y ont été, en Europe, et ils en sont revenus traumatisés. Bien sûr la guerre est finie, mais tout est si différent là-bas. Comment vas-tu t'en sortir ? Et si tu finis dernière de ta course, qui sera là pour te consoler ?

Des larmes coulent sur ses joues et sur les miennes.

— Oh, maman... maman... Pourquoi ne m'as-tu pas dit ça plus tôt ? J'aurais mieux compris tes réticences. Je croyais que tu m'interdisais des choses parce que tu ne m'aimais pas, alors que c'était le contraire. Je suis désolée de t'avoir fait du mal, maman, tellement désolée d'avoir dit tout ce que j'ai dit l'autre soir ! Il fallait me dire que tu avais peur...

Je serre ma mère dans mes bras et pleure à chaudes larmes.

— Tu sais, Betty, une mère n'a pas le droit de montrer à ses enfants qu'elle a peur ou qu'elle est fragile, sinon elle cesse d'être un refuge.

— Oh, maman... maman chérie... Excuse-moi... Je t'aime tellement fort...

— Moi aussi, je t'aime. Si tu savais combien je t'aime...

Ma mère serrée contre moi, je me rends soudain compte que je suis maintenant plus grande qu'elle. De quelques centimètres, mais plus grande.

— Ne t'inquiète pas pour les Jeux olympiques ! dis-je pour la rassurer. Nous allons naviguer sur un navire récent et, comme c'est l'été, il n'y aura pas d'iceberg. Et en Europe, je serai toujours accompagnée d'autres membres de la sélection américaine : des athlètes, des nageurs, mais aussi des boxeurs et des lutteurs... Je serai bien protégée ! Enfin, je compte bien gagner la médaille d'or ! Je n'aurai pas besoin d'être consolée...

— Je te fais confiance, ma grande.

Les yeux brouillés de larmes, maman et moi regardons une dernière fois la statue de la Liberté et Ellis Island. Une légère brise marine nous rafraîchit agréablement le visage. Puis nous rebroussons chemin et retournons vers Manhattan. Les gratte-ciel scintillent sous le soleil et à travers mes larmes. C'est magnifique.

Je me sens à la fois si forte et si légère.

Je vais peut-être finir par aimer New York.

Chapitre 11

Traversée de l'Atlantique

Le SS *President Roosevelt* n'est pas un bateau très beau : une coque noire de cent soixante mètres de long, plusieurs étages de cabines blanches, une cheminée centrale rouge et bleu, et quatre immenses portiques métalliques bien laids, deux à l'avant et à deux l'arrière. Le navire a été conçu pendant la guerre pour le transport de troupes et d'armes. Après la guerre, des armateurs ont continué à fabriquer ce modèle, mais en le réaménageant en paquebot pour le transport de passagers. Sur la coque du SS *President Roosevelt,* d'immenses lettres peintes en blanc pour l'occasion : AMERICAN OLYMPIC TEAMS.

C'est sur ce navire pas très beau que j'ai traversé l'Atlantique. Mais ce furent neuf jours merveilleux, dont j'ai apprécié chaque minute. Mon meilleur souvenir ? Tout !

Et d'abord, le départ (oui, je sais, j'ai dit que je détestais les adieux, mais là je venais de me réconcilier avec maman, alors c'était différent). Le mercredi 11 juillet à 14 heures, le quai 86 était noir de monde. Les familles des sportifs étaient là, ainsi que des fans venus soutenir leurs athlètes préférés, une fanfare de cuivres qui tintamarrait à deux kilomètres à la ronde, une armée de journalistes et de photographes, des officiels de la ville de New York et du gouvernement, et des badauds, des milliers de badauds...

Sur le SS *President Roosevelt*, nous étions 280 athlètes en survêtement estampillé USA – 236 hommes pour seulement 44 femmes –, plus les coachs, les membres du Comité olympique et quelques journalistes, tous accoudés au bastingage, à saluer la foule. Un grand coup de corne de brume retentit soudain. Les matelots larguèrent les amarres et le capitaine fit vapeur arrière. Le navire recula lentement sous les applaudissements, puis, au milieu de l'Hudson River, fit une manœuvre pour se remettre droit. Il descendit ensuite le fleuve jusqu'à la baie de New York, accompagné par une armada de petits voiliers et de bateaux-pompes crachant de gigantesques jets d'eau... C'était fantastique. En passant à côté de la statue de la Liberté, je l'ai trouvée majestueuse et j'ai pensé à mon père. Puis les voiliers ont rebroussé chemin, la statue et les gratte-ciel ont rétréci, et nous avons gagné la haute mer.

Ma cabine se situait dans la coque, au niveau de la deuxième rangée de hublots. Elle avait à peu près la taille d'une boîte de sardines. Sous ma couchette se trouvait un tiroir juste assez grand pour y glisser mon pyjama, mes deux paires de chaussures à pointes, ma trousse de toilette, mes sous-vêtements, mon passeport (fait en extrême urgence grâce à l'aide du Comité olympique), de quoi écrire, deux robes d'été et des vêtements de sport. Je partageais cette cabine avec deux autres sardines : Kay Maguire, une sauteuse en hauteur de vingt-deux ans, et Dee Boeckmann, une coureuse de 800 mètres de vingt-trois ans, toutes deux originaires du Missouri. Parfois, nous nous amusions à ouvrir le hublot, à sortir la tête et à hurler à l'océan : « Nous sommes des sardines ! Nous voulons retourner à la mer ! »

Heureusement, nous passions le plus clair de notre temps dehors. Et puisque nous allions aux Jeux olympiques, nous devions nous entraîner, pour ne pas ramollir. Deux fois par jour, je retrouvais les douze autres filles de l'athlétisme sur la promenade du deuxième pont, où une piste en linoléum de 150 mètres avait été installée. Mel Sheppard, quarante-quatre ans, était notre entraîneur. Avec ses quatre titres olympiques en fond et demi-fond à Londres et à Stockholm, c'était une pointure ! Il nous soumettait à des séances d'entraînement complètes et intenses, avec échauffement, étirements, musculation, courses, saut en hauteur pour Kay...

Seules quatre filles ne pouvaient pas – pour des raisons faciles à comprendre – s'entraîner correctement : les lanceuses de disque. Oups ! Un disque à la mer... Mel leur faisait répéter le geste, mais sans le lancer. Chez les hommes, les lanceurs de poids s'entraînaient normalement, car leurs boulets ne retombaient jamais très loin sur le bateau, mais pas les lanceurs de javelot, pour des raisons là aussi évidentes : « Oh, pardon ! je ne te visais pas... Ça pique ? »

Un homme en uniforme passait souvent au moment de l'entraînement. Il nous observait puis demandait au coach si tout nous allait. À quarante-huit ans, le général Douglas MacArthur avait fait la guerre en Europe, été en poste aux Philippines et dirigé la prestigieuse école militaire de West Point. Fervent défenseur du sport, il avait été nommé président du Comité olympique américain pour les jeux d'Amsterdam. Il considérait les compétitions sportives comme des batailles militaires et se comportait avec nous comme avec ses soldats. Il nous motivait par des discours bien sentis, vérifiait que chacun s'entraînait correctement et faisait régner la discipline. Cela dit, quand il avait l'impression que le travail avait été bien fait, il se montrait gentil et détendu.

Avec Dee, notre petit plaisir après l'entraînement était de nous prélasser sur un transat et de regarder les autres s'entraîner. On adorait le spectacle des boxeurs sur le ring et celui des lutteurs sur leur tapis, un peu moins celui des rameurs et des cyclistes, qui ramaient et pédalaient sans avancer. Nos préférés, c'étaient les nageurs !

— Tu l'as vu, celui-là ?

— Oui, c'est Buster Crabbe. Mate les abdos !

— Hmmm, la tablette de chocolat...

Et nous gloussions comme des poules.

— Attention, voilà Johnny !

Grand et musclé, beau comme un dieu grec, Johnny Weissmuller était la coqueluche du navire. Quatre ans plus tôt, à Paris, il avait gagné trois médailles d'or en nage libre et une autre de bronze en water-polo, et on lui prédisait la même récolte à Amsterdam. Tout le monde voulait être pris en photo à ses côtés. J'avoue, j'en ai moi aussi fait faire une, mais pas pour moi, hein, juste pour rendre verte de jalousie ma copine Brittany !

Il n'y avait pas de piscine à bord du navire : l'entraînement des nageurs était donc assez pittoresque. Un bassin en rondins de bois de trois mètres sur trois et un mètre de haut, recouvert à l'intérieur d'une toile goudronnée étanche, avait été édifié à l'avant du navire. Tous les matins, il était vidé puis rempli d'eau de mer. Les nageurs ne pouvant pas faire de longueurs dans cette baignoire à peine plus grande qu'eux, ils enfilaient un harnais, relié à une perche. Ainsi retenus, ils effectuaient leurs mouvements de brasse ou de crawl dans l'eau, sans jamais avancer. Ils me faisaient penser à des hamsters dans une cage. C'était plutôt drôle.

Avec Dee, nous attendions avec impatience l'heure des repas. Nous prenions place dans la grande salle à manger et Dee me lançait immanquablement :

— Alors, combien aujourd'hui ? Moi, je dirais aucun...

Je jetais un œil par la fenêtre et faisais semblant de réfléchir :

— Hmmm... force 4... je dirais deux.

— OK, c'est parti !

Les repas étaient copieux. Il y avait souvent du poulet frit, des pommes de terre, des pâtes, des œufs, des pancakes au sirop, des tartes, du chocolat. Et, en dessert, de la glace : comme on pouvait en manger à volonté, le stock, prévu pour l'aller *et* le retour, fut entièrement consommé avant même d'atteindre Amsterdam...

— Toujours personne, me lançait Dee juste avant le dessert. Je vais gagner mon pari !

— Attends, le repas n'est pas fini...

Soudain, un athlète se levait brusquement à une table voisine. Il était blanc comme un linge, presque verdâtre.

— Ah, ah ! m'exclamais-je. Et d'un !

L'athlète mettait sa main devant la bouche et filait à toute vitesse en direction des toilettes.

— En voilà un qui va vomir ! Encore un autre et j'ai gagné...

Le SS *President Roosevelt* étant à l'origine un navire de guerre, il n'était pas équipé des stabilisateurs qui permettent à un paquebot de ne pas trop tanguer. Du coup, dès que la mer était un peu agitée, il penchait à gauche, à droite, à gauche, à droite... Tu regardais par la fenêtre de la salle à manger et tu voyais la mer ; une bouchée plus tard, au même endroit, il y avait le ciel. Par chance, Dee et moi ne souffrions pas du mal de mer. Mais certains, comme Elta Cartwright, n'ont pratiquement pas quitté leur cabine de tout le voyage...

La pauvre n'a pas profité des soirées à bord. Ah ! les soirées ! Après le dîner, l'équipage organisait toutes sortes d'activités pour nous divertir. Nous étions invités à des séances de cinéma, à participer à des tournois de bridge, à jouer au poker ou à la roulette lors de « Monte Carlo Nights ». Dee et moi allions souvent danser dans la salle de bal : nous étions une trentaine à nous y déhancher sur les jazz endiablés joués sur un phonographe. J'adorais particulièrement le charleston, une danse tellement joyeuse et vivante !

Les soirées ne duraient jamais assez longtemps, selon moi : à 22 heures précises, je devais regagner ma cabine et me coucher. C'était l'heure du couvre-feu pour tous les athlètes mineurs (je n'étais pas la plus jeune, la plongeuse Dorothy Poynton avait fêté ses treize ans à bord). Gare à ceux qui ne le respectaient pas : le général MacArthur ne rigolait pas avec ça ! Dee, qui était majeure, avait le droit de veiller jusqu'à minuit.

N'empêche, ces journées et ces soirées ont été les plus belles de ma vie ! Pour la première fois, je vivais loin de mes parents et n'avais pas de comptes à leur rendre. Je me sentais libre, presque adulte.

Mon dernier magnifique souvenir à bord date du vendredi 20 juillet. Juste avant l'aube, le capitaine stoppa les machines et jeta l'ancre. Du vacarme en provenance des couloirs me réveilla. Avec les sardines, nous nous habillâmes et montâmes sur le pont. Tout le monde était déjà là, à regarder vers l'est. Une terre plate se dessinait juste au-dessus de l'horizon. Ici et là, la silhouette fantomatique de moulins à vent se découpait en ombres chinoises. Fendant la terre en deux, un large canal s'ouvrait devant nous. Au loin, le soleil levant enflammait le ciel. C'était la première terre étrangère que je voyais de ma vie.

En milieu de matinée, un remorqueur s'accrocha à l'avant du paquebot et le tracta le long du grand canal. Toujours accoudée au bastingage, je ne manquais rien du paysage qui défilait lentement, agrémenté de moulins, de petits villages en brique, de digues, de champs de tulipes, de péniches, puis ce fut l'arrivée à Amsterdam et l'amarrage. Nous étions parvenus à bon port, mais nous n'allions pas quitter notre navire pour autant : pour des raisons pratiques, nous continuerions à dormir à bord pendant toute la durée des Jeux.

Dès le lendemain, nous reprîmes un entraînement très intensif à terre. Il avait lieu dans un stade voisin du Stade olympique, car la piste de ce dernier était de très mauvaise qualité et devait être refaite en urgence. Après l'entraînement, il nous restait un peu de temps pour visiter la ville, flâner dans les ruelles, admirer les étroites maisons rouges qui bordaient les canaux, visiter des musées...

Le samedi 28 juillet, dix-sept jours après avoir quitté le port de New York et huit jours après avoir accosté à Amsterdam, le grand jour arriva enfin. Nous étions tous très excités. Après le petit déjeuner, nous enfilâmes nos élégantes tenues officielles : jupe, veste, chapeau et chaussures blanches pour les filles ; blazer bleu marine, pantalon et chapeau blanc pour les garçons. Même le général MacArthur, qu'on n'avait jamais vu en civil, le revêtit. À 11 h 15, il nous invita à le rejoindre sur le pont avant et se lança dans un discours solennel à la gloire des États-Unis et des médailles olympiques, qui avaient à ses yeux autant de valeur en temps de paix que les victoires militaires en temps de guerre. Nous l'écoutions religieusement. Il nous invita ensuite à picorer dans le buffet froid dressé sur des tables.

Lorsque nous eûmes fini, nous quittâmes le bateau et montâmes dans des autobus qui nous amenèrent au Stade olympique pour la cérémonie d'ouverture.

Chapitre 12

Jeux olympiques à Amsterdam

Samedi 28 juillet 1928, 14 h 45

Je suis dans la pénombre d'un tunnel en béton. Autour de moi, les athlètes américains, les coachs et les membres du Comité olympique. Nous sommes tous très impatients que ce soit notre tour. J'essaie de tuer le temps en imaginant ce qui nous attend quand nous quitterons le tunnel, mais cela me rend encore plus impatiente…

Les Grecs en sont sortis les premiers – honneur au pays fondateur des Jeux olympiques antiques –, il y a bien une demi-heure. Depuis, les délégations des quarante-six pays présents se suivent l'une après l'autre, dans l'ordre alphabétique. « États-Unis » se disant *Verenigde Staten* en néerlandais, nous défilerons presque à la fin.

Un officiel nous fait signe : c'est enfin à nous. Johnny Weissmuller sort du tunnel en arborant la pancarte avec le nom du pays. Quelques mètres derrière, Bud Houser, double médaillé d'or à Paris en lancer de poids et de disque, a l'honneur de porter le drapeau américain. Puis vient le général MacArthur, en tant que président du Comité olympique américain, suivi de tous les athlètes, en rang par quatre.

Lorsque je débouche à mon tour du tunnel obscur et pénètre dans le stade, je suis frappée par une explosion de sons et de lumière, par les applaudissements de quarante mille spectateurs, la lumière du jour, la musique interprétée par l'orchestre de la marine... Pour moi qui n'ai participé qu'à trois compétitions, dont deux dans des stades presque vides, c'est une sensation incroyable. Je ne sais plus où donner de la tête !

Nous faisons le tour de la piste d'athlétisme sous les acclamations de la foule et, lorsque nous passons devant la tribune royale, nous saluons le prince Hendrik, les femmes en le regardant et les hommes en retirant leur chapeau et en le pressant au niveau du cœur. Nous rejoignons ensuite les athlètes des autres nations sur la pelouse centrale, dans un joyeux bain de couleurs allant du vert de l'uniforme irlandais au rose des Belges, en passant par l'orange des Néerlandais, le fuchsia des Sud-Africains, le rouge et blanc des Japonais.

Alors que les derniers pays défilent, je me sens submergée par un arc-en-ciel d'émotions, à la fois heureuse de participer à la plus grande compétition sportive au monde, impressionnée par l'immensité du stade et par ces milliers d'athlètes talentueux qui m'entourent, un peu inquiète de me savoir si loin de chez moi et de mes repères familiers, et pleine d'interrogations quant à la suite des événements...

La parade des nations terminée, la cérémonie se poursuit selon un protocole très précis. Nous avons d'abord droit à un très long et très ennuyeux discours du président du Comité international olympique, puis à un chant magnifiquement interprété par mille deux cents choristes, puis à un discours un peu plus court du président du Comité olympique néerlandais. Le prince Hendrik se lève alors et déclare en français, comme le veut la tradition : « Je proclame l'ouverture des Jeux olympiques d'Amsterdam célébrant la IXe Olympiade de l'ère moderne. »

Lorsqu'il a créé les Jeux olympiques modernes, le baron de Coubertin les a dotés de nombreux symboles. La suite de la cérémonie en est une belle succession : lâcher de colombes pour symboliser la paix et la fraternité entre les peuples, interprétation de l'hymne olympique par les mille deux cents choristes, hissage du drapeau blanc avec les cinq anneaux représentant les cinq continents...

À Amsterdam, un nouveau symbole apparaît pour la première fois dans l'histoire olympique.

Pour rappeler les feux qui brûlaient en permanence devant les temples dans la Grèce antique, et notamment dans la ville d'Olympie, une flamme brûlera dans une vasque dominant le stade pendant toute la durée des Jeux.

Enfin, le footballeur néerlandais Harry Denis lève la main droite et prête serment au nom de tous les athlètes présents : « Nous jurons que nous nous présentons aux Jeux olympiques en concurrents loyaux, respectueux des règlements qui les régissent et désireux d'y participer dans un esprit chevaleresque pour l'honneur de nos pays et la gloire du sport. »

Voilà, les compétitions peuvent commencer.

À nous de jouer !

À nous d'aller, comme dit la devise olympique, « plus vite, plus haut, plus fort » !

Dimanche 29 juillet

Nuit plutôt bonne. Je ne me sens pas trop stressée. Au programme de la journée, entraînement ce matin et détente cet après-midi. Pour moi, les choses sérieuses commencent demain, avec les séries et les demi-finales du 100 mètres. Dee, elle, a très mal dormi. Elle est nerveuse : les séries du 800 mètres féminin ont lieu aujourd'hui. J'essaie de la rassurer, de lui dire que ça va bien se passer, mais je n'ai pas l'impression d'être très convaincante.

Difficile de partager une telle inquiétude. Quant à Kay, elle a le temps de voir venir : le concours du saut en hauteur est programmé la semaine prochaine.

Petit déjeuner rapide, puis direction le stade d'entraînement. Le coach Sheppard me fait travailler le départ et la phase d'accélération. Bien qu'il n'ait jamais été un spécialiste du sprint – il courait le demi-fond –, ses exercices sont à la fois pertinents et exigeants, et j'aime ça. Pendant les périodes de récupération, j'observe du coin de l'œil les autres filles qui s'entraînent sur 100 mètres. Pas les Américaines, contre qui j'ai déjà couru à Newark, mais les autres. Le coach ne connaît pas la vraie valeur des Allemandes au niveau international : après la guerre de 14-18, leur pays a été privé de Jeux pendant deux Olympiades. Amsterdam marque leur grand retour à la compétition. En revanche, il me met en garde contre les Canadiennes Myrtle Cook, Fanny Rosenfeld et Ethel Smith.

À midi, déjeuner léger puis direction le Stade olympique pour assister aux premières épreuves. L'ambiance est incroyable : les quarante mille spectateurs soutiennent avec beaucoup d'énergie les athlètes. Et ça commence très fort pour la délégation américaine, avec deux médailles d'or sur trois possibles. John Kuck remporte le lancer de poids et Robert King le saut en hauteur. Dans les tribunes, le général MacArthur exulte : la campagne d'Amsterdam débute de la meilleure manière !

La troisième finale est un grand moment : la légende finlandaise Paavo Nurmi, déjà huit fois titré à Anvers et à Paris, participe au 10 000 mètres. Après trente minutes de course, Nurmi et son compatriote Ville Ritola ont largué l'un après l'autre tous leurs concurrents. Dans le dernier tour, Nurmi a du retard, mais il fournit un effort incroyable, revient sur Ritola et le dépasse dans une dernière ligne droite de folie. Une neuvième médaille d'or olympique ! Le stade entier est debout, ovationnant le fabuleux « Finlandais volant » !

Seule grosse déception de la journée : la pauvre Dee termine sixième de sa série du 800 mètres. À peine commencés, les Jeux sont déjà finis pour elle. Le soir, dans la cabine, Kay et moi essayons de la réconforter, mais c'est très dur à encaisser. Des années d'efforts, un long voyage, beaucoup d'espoir et, au final, rien. Le gouffre est immense entre la joie de Paavo Nurmi tout à l'heure et la détresse de Dee maintenant. Impitoyable loi du sport...

Et moi, dans quel état serai-je demain soir ?

Lundi 30 juillet

Dormi comme un loir. Malgré ce qui m'attend, je ne me sens pas nerveuse. J'ignore si c'est bon ou mauvais signe.

Petit déjeuner sur le SS *President Roosevelt*, puis légère séance d'entraînement. Le tirage au sort des séries vient d'être annoncé. Nous serons trente et une participantes de douze pays, réparties dans neuf séries. Je suis dans la huitième série, dans laquelle nous ne sommes que trois : la Canadienne Fanny Rosenfeld, la Néerlandaise Lies Aengenendt et moi. Les deux premières seront qualifiées. Le meilleur chrono de la Néerlandaise étant nettement moins bon que le mien, ça devrait passer.

Après le déjeuner, direction le Stade olympique. L'ambiance dans la délégation s'est considérablement dégradée depuis hier. En finale du 400 mètres haies, les deux favoris américains ont été battus par un Britannique inconnu. Idem en finale du 100 mètres hommes où, en sept Olympiades, nous avions toujours gagné soit l'or, soit l'argent. Aujourd'hui, le meilleur Américain échoue au pied du podium.

Au moment de ma série, j'essaie de faire le vide et de rester positive : pour me qualifier, je dois juste ne pas finir dernière. Au coup de pistolet, je bondis, mais mes jambes sont lourdes et je ne cours pas comme je le voudrais. Je laisse filer la Canadienne vers une victoire facile, sans pouvoir réagir. Derrière moi, la Néerlandaise me talonne, portée par son public. Je résiste, force un peu, et parviens à conserver ma deuxième position. Ouf ! Les meubles sont sauvés, mais il faudra faire bien mieux si je veux aller en finale...

En attendant, la débâcle américaine continue : l'Irlandais Patrick O'Callaghan met fin à une série de six titres olympiques américains consécutifs au lancer de marteau. Dans les tribunes, le général MacArthur fulmine.

16 h 30 : première demi-finale du 100 mètres féminin. Elta Cartwright, qui m'avait battue à Newark, est l'une des six concurrentes. Elle doit finir première ou deuxième pour se qualifier en finale. Mais, dès le départ, je sens qu'elle n'est pas dans un bon jour (en fait, elle n'a jamais vraiment récupéré de son mal de mer), et elle finit quatrième. Nouvelle déception dans le camp américain, car elle était une réelle chance de médaille. La course est gagnée par l'Allemande Leni Schmidt.

16 h 45 : deuxième demi-finale, la mienne. « À vos marques !... Prêtes ? » *Pan !* Mon départ est bon. Curieusement, mes jambes répondent mieux que lors des séries. Je cours bien et suis au coude-à-coude avec la Canadienne Myrtle Cook, l'une des favorites. À quelques mètres de l'arrivée, je prends une foulée d'avance et coupe la ligne la première. Je suis en finale !

17 heures : troisième et dernière demi-finale, avec la dernière autre chance américaine, Mary Washburn. La course est facilement gagnée par la

Canadienne Fanny Rosenfeld, qui m'avait battue en série. Demain, elle sera une redoutable prétendante au titre olympique. Mary, elle, échoue à la cinquième place.

En retournant aux vestiaires, je bouillonne intérieurement de joie. Demain, je serai en finale du tout premier 100 mètres olympique féminin ! Ce sera un moment historique et j'y serai !!! Après les déconvenues américaines de la journée, je suis soulagée d'avoir été à la hauteur de l'événement. D'autant que ce n'était pas gagné d'avance : j'ai eu une demi-finale difficile contre une excellente sprinteuse, que je suis parvenue à battre. Après deux déceptions à Newark et en séries, ça fait du bien de gagner à nouveau. Le coach Sheppard me dit que j'ai réalisé une course de référence, qui me permet de savoir où j'en suis et d'avoir des repères pour demain. Je sais maintenant que j'ai le potentiel pour devenir championne olympique. À moi de transformer ce potentiel en médaille.

Le soir, le général MacArthur nous réunit dans la salle de bal du SS *President Roosevelt*. L'heure n'est pas à la danse. Il nous explique que nous devons immédiatement redresser la barre, après les déconvenues sportives de la journée : « Nous représentons le plus grand pays sur terre, s'emporte-t-il. Nous ne sommes pas ici pour perdre avec élégance, mais pour gagner sans hésitation. »

Mardi 31 juillet, 8 h 30

Encore une excellente nuit. Vraiment bizarre de se sentir aussi peu stressée…

Au petit déjeuner, le général MacArthur a négligemment laissé traîner des journaux sur les tables, histoire de nous rappeler que nous ne sommes pas là pour rigoler. Je lis le titre du *New York Times* : « Mais qu'arrive-t-il à l'équipe olympique américaine ? » Je survole un article de l'*Evening Standard* : « Un paquebot de crèmes glacées est peut-être un bon lest pour un athlète qui doit lancer un poids. Mais c'est une charge lourde à transporter pour un sprinteur ou un coureur de fond. » Un journal britannique se moque lui aussi des kilos pris par les Américains lors du voyage et compare nos régimes alimentaires respectifs : friture, biscuits, chocolat, pancakes au sirop, liqueurs d'un côté ; thé, salades, poulet bouilli, légumes de l'autre.

Sans commentaire.

10 h 30

Le coach m'a donné ma matinée. Comme le temps est maussade, je reste à bord et écris de longues lettres à mes parents, à mes sœurs, à ma copine Brittany, au professeur Price. Ça me fait du bien de me poser et de penser à eux. Tout a été si vite. Il y a six mois, le professeur Price me voyait courir après mon train, et me voilà en finale olympique…

12 h 30. H–3

Déjeuner sur le bateau en compagnie de Dee. Après ce que j'ai lu ce matin dans les journaux, difficile de manger quoi que ce soit sans avoir mauvaise conscience... Allez, un plat de pâtes pour les sucres lents et un yaourt aux fruits pour les sucres rapides !

Puis départ pour le stade d'entraînement.

13 h 45

Arrivée au stade. Je suis toujours aussi détendue, peut-être trop : alors que j'enfile mes pointes, ça coince. Je regarde. Mince alors ! Je comprends tout de suite mon erreur : j'ai deux paires de pointes identiques dans la cabine. Au moment de quitter le navire, j'ai pris les deux chaussures gauches.

Coach ! Coach ! Je dois d'urgence retourner au bateau ! Mel Sheppard regarde l'heure : impossible, il faut bien une heure pour effectuer l'aller-retour. Si j'y vais, d'une part cela me fera perdre beaucoup d'énergie et d'influx nerveux, et d'autre part je n'aurai plus le temps de m'échauffer correctement. Le coach envoie un coureur de fond qui n'a aucune compétition aujourd'hui. Pendant ce temps, je m'échauffe avec mes chaussures de sport normales.

Pour la première fois depuis le départ de New York, je ressens de la pression : ma chaussure droite arrivera-t-elle à temps ?

14 h 40

Ouf ! Ma chaussure droite vient d'arriver.

Départ pour le stade olympique, à dix minutes de là.

15 heures

Vestiaire du Stade olympique. J'enfile mon tee-shirt blanc frappé des anneaux olympiques au niveau du cœur et barré par une écharpe en bandoulière aux couleurs du drapeau américain. Je mets mes pointes, la gauche *et* la droite. J'épingle le dossard que les organisateurs m'ont donné. Mon numéro est le 879.

15 h 10

À la sortie du vestiaire, je rejoins le coach et nous allons au bord de la piste. Il me donne l'ordre des coureuses. Au couloir 1, il y aura la Canadienne Ethel Smith ; au 2, l'Allemande Leni Schmidt ; au 3, la Canadienne Myrtle Cook ; au 4, l'Allemande Erna Steinberg ; au 5, moi ; et au 6, la Canadienne Fanny Rosenfeld. Il me dit que c'est bien d'être entourée par Cook et Rosenfeld. Comme ce sont mes plus sérieuses adversaires, j'aurai des repères. Je saurai en permanence comment me situer par rapport à elles.

15 h 20

Les séries du 110 mètres haies viennent de s'achever. Les commissaires enlèvent les haies et préparent la piste pour le 100 mètres.

15 h 24

Je marche jusqu'à la ligne de départ. Derniers étirements. Je sautille pour garder mes muscles chauds. Un œil vers les tribunes, dans un stade plein comme un œuf. L'autre œil vers les filles. Elles ont le visage fermé et l'air nerveux. En même temps, il y a de quoi : pour la première fois, un titre olympique sera décerné à une femme en athlétisme. Cela devrait me stresser moi aussi, mais non, même pas. Je ne joue pas ma vie. Je prends ma truelle et creuse dans la piste les trous pour mes pieds.

15 h 26

Le starter nous demande de nous mettre en place. Cook et Steinberg à ma gauche, Rosenfeld à ma droite. Le speaker nous présente l'une après l'autre. À l'annonce de mon nom, je fais un pas en avant et salue les spectateurs de la main.

15 h 30

« À vos marques ! »

Ça y est. Petit pincement au cœur. Je cale mes pieds dans les trous, place mes mains le long de la ligne, prends plusieurs grandes respirations.

Un arbitre passe devant nous et vérifie que les mains d'aucune coureuse ne touchent la ligne de départ.

« Prêtes ? »

Je prends une dernière grande bouffée d'air, bloque ma respiration. Je relève mon bassin et tends les muscles de mes jambes comme des ressorts.

Pan !

Je bondis en avant, première foulée, deuxième foulée, mon départ est plutôt bon et je...

Pan !

Nouveau coup de feu. Les filles s'arrêtent, moi aussi. Je me retourne. Un arbitre se dirige vers le couloir de l'Allemande Schmidt : elle a fait un faux départ. Nous retournons toutes vers la ligne de départ. J'essaie de me reconcentrer.

« À vos marques ! »

Je recale mes pieds, replace mes mains le long de la ligne, rerespire plusieurs fois...

« Prêtes ? »

Je redresse mon bassin et rebloque ma respiration.

Pan !

Et je bondis, fais deux foulées et...

Pan !

M'arrête. Nouveau faux départ. Qui est-ce cette fois ? Si c'est encore Schmidt, elle sera disqualifiée. Non, l'arbitre se dirige vers le couloir de Myrtle Cook. Je ne peux pas m'empêcher de me dire que c'est bon pour moi : ces deux filles ne devront pas prendre trop de risques au prochain départ...

« À vos marques ! »

Pieds dans les cales, mains le long de la ligne, respirations.

« Prêtes ? »

Position de départ, blocage de la respiration.

Pan !

Je bondis, pile dans le coup de pistolet, fais deux foulées et...

Pan !

Encore ?! N'est-ce pas moi, cette fois-ci ? Je me retourne. Non, l'arbitre se dirige vers le couloir de... Myrtle Cook. Clameur parmi les quarante mille spectateurs. La Canadienne comprend ce qui lui arrive et ouvre les mains comme pour dire : « Non, pas moi ! » L'arbitre confirme. La pauvre est d'abord figée, puis elle fond en larmes. Elle était l'une des favorites et ne pourra même pas participer. L'arbitre l'invite à rejoindre le bord de la piste. Elle s'assied dans l'herbe et sanglote.

« À vos marques ! »

Trois faux départs et une disqualification. Nous devenons toutes très nerveuses. Même moi. Je refais pour la quatrième fois les gestes appris avec le professeur Price.

« Prêtes ? »

Ne partir ni trop tôt ni trop tard...

Pan !

Je bondis un peu en retard, pour ne pas prendre de risque...

Pan !

Non ! C'est une blague ?! Ça ne peut pas être moi, je le sais. Et en même temps, je ne suis plus sûre de rien. Nouvelle clameur dans le stade. C'est à nouveau Leni Schmidt. Elle aussi est disqualifiée. Mais contrairement à Myrtle, elle ne pleure pas. Elle s'emporte contre les arbitres, leur montre les poings. Des officiels la raccompagnent au bord de la piste.

« À vos marques ! »

Dans ma tête, ça cogite. Plus que quatre concurrentes pour trois médailles. Ne pas finir dernière ! Gagner la course ? Pourquoi pas ! Cook était une des favorites et Schmidt avait gagné sa demi-finale. Deux sérieuses candidates en moins. Reste Rosenfeld, qui m'a battue hier.

« Prêtes ? »

Pas de faux départ et mettre la pression sur Rosenfeld.

Pan !

Je bondis pour la cinquième fois. Très bon départ. Première foulée, deuxième, oui ? non ? oui ? non ! Pas de rappel, j'accélère, Rosenfeld à ma droite a pris un départ moyen mais rien n'est fait, je me redresse, fin de la phase d'accélération, Rosenfeld revient dans mon champ de vision, plus qu'une demi-foulée d'avance sur elle à mi-course, à ma gauche Steinberg a lâché, je prends mon unique respiration, encore un cheveu d'avance sur Rosenfeld, tenir jusqu'à la ligne, espérer qu'elle craque, mais elle tient bon, plus que dix mètres, incapable d'accélérer, elle non plus, tout se jouera sur la ligne, Rosenfeld casse et lève les bras au ciel, je fais pareil.

Le clan canadien explose de joie et vient former un cocon autour de sa coureuse. Le coach Sheppard et mes compagnons me font signe que non, que c'est moi qui ai gagné. Je n'en sais rien. J'ai l'impression que Rosenfeld m'a battue sur le fil. Les juges ne semblent pas d'accord entre eux : ils discutent ferme. Pendant de longues minutes, j'ai la boule au ventre, ni dans la joie ni dans la déception, prête à basculer en une fraction de seconde dans l'une ou dans l'autre.

Le résultat est enfin affiché : Elizabeth Robinson 12,2 s, Fanny Rosenfeld 12,3 s. J'explose de joie ! Je suis championne olympique ! O-lym-pique !!! Et j'ai égalé le record du monde ! Un homme avec une grosse caméra se place devant moi et me filme. Je lui lance un grand sourire un peu essoufflé. Je suis épuisée, physiquement et nerveusement, mais j'ai gagné. Maman, papa, c'est moi qui ai gagné !

16 h 15

Je suis sur un petit nuage. Ce n'est pas le nuage sur lequel j'ai marché lors de mes courses parfaites à Soldier Field. C'est celui sur lequel on se trouve lorsqu'on a réussi un examen après avoir beaucoup travaillé, ou un spectacle après avoir beaucoup répété. C'est un nuage de bonheur, doux, beau et... historique !

Un grand podium blanc se dresse devant moi. Le speaker du stade prend la parole et annonce la cérémonie de remise des médailles du 100 mètres féminin. « Médaille de bronze, représentant le Canada, Mlle Ethel Smith. » La Canadienne monte sur la marche la plus basse du podium. Une jeune hôtesse lui pose une couronne de laurier sur la tête. « Médaille d'argent, représentant le Canada, Mlle Fanny Rosenfeld. » Elle monte sur la deuxième marche et reçoit sa couronne. « Médaille d'or, représentant les États-Unis d'Amérique, Mlle Elizabeth Robinson. » Je grimpe sur la marche centrale, la plus haute, et l'hôtesse me remet la couronne de laurier du vainqueur. Ça y est, c'est officiel, je suis la toute première championne olympique d'athlétisme ! Je suis si fière de moi : ce que je viens de faire, personne ne pourra jamais me le retirer. Ce sera inscrit dans les livres !

Nous nous tournons ensuite toutes les trois vers les trois mâts blancs plantés au bout de la pelouse. Alors que résonnent les premières notes de l'hymne américain, je pose ma main droite sur mon cœur. La bannière étoilée monte lentement sur le mât central, entourée de deux drapeaux canadiens.

Pendant l'hymne, je pense à mon pays, à ma ville, à mes parents, au coach Price, aux dames de l'IWAC, aux mois de travail, aux départs et aux phases d'accélération répétés jusqu'à en devenir des réflexes, à mon amie Helen qui n'a pu venir, à cette course incroyable que je viens de réaliser, au record du monde égalé. Depuis ma découverte de l'athlétisme il y a six mois, tout n'a pas été facile : j'ai dû me battre contre les garçons du lycée, contre les préjugés, contre ma mère, contre la déception de Newark, mais ça valait la peine. Oui, ça valait vraiment la peine.

Je suis au sommet de ma disciple, sur le toit du monde, juste au-dessus des nuages.

Mercredi 1er août

Très, très, très... mal dormi.

Hier soir, j'ai dû répondre aux questions de plusieurs journalistes, puis le général MacArthur m'a invitée à dîner à sa table. Il a répété à plusieurs reprises que j'étais l'exemple à suivre pour tous les athlètes. Ensuite, j'ai été autorisée à envoyer des télégrammes à mes parents et mes amis. Bref, je n'ai pas réussi à m'endormir avant 3 ou 4 heures du matin – trop d'excitation.

Ce matin, j'ai les yeux qui piquent. Alors que je finis mon petit déjeuner, le coach Sheppard me rejoint à ma table. Vient-il me féliciter une nouvelle fois ?

— Tu peux être à 10 heures au stade pour l'entraînement ?

— Pour l'entraînement ?!

— Oui, je t'ai choisie comme dernière relayeuse du 4 x 100 mètres.

J'étais tellement concentrée sur le 100 mètres, que j'ai oublié la présence du relais au programme olympique. Je n'en ai jamais couru de ma vie ! Serai-je assez forte pour participer à une épreuve supplémentaire ? Si le coach le pense, je n'ai pas le choix :

— Euh... oui, bien sûr, j'y serai.

Vendredi 3 août

Je découvre que l'épreuve du relais, c'est d'abord une question de bonne entente. Les filles doivent parfaitement se connaître pour gagner du temps lors des passages de témoin. À ce jeu, ce ne sont pas forcément les plus rapides qui sont les meilleures, mais celles qui ont déjà couru ensemble. Pour le relais olympique, le coach Sheppard a donc choisi Mary Washburn, Jessica Cross et Loretta McNeil, trois filles qui s'entraînent à la Millrose Athletic Association de New York, un club dont le coach n'est autre que… Mel Sheppard. Et je serai la quatrième.

Depuis deux jours, nous nous entraînons au passage de témoin. C'est plus technique que ça en a l'air. La première fille démarre avec le bâton dans la main gauche. Lorsqu'elle approche des 100 mètres, la deuxième relayeuse se met à courir en tendant la main droite vers l'arrière. Dès qu'elle reçoit le témoin de la première relayeuse, elle doit immédiatement, tout en accélérant, le mettre dans sa main gauche afin qu'il soit en bonne position pour le passage à la troisième relayeuse. La quatrième relayeuse, elle, n'a pas à faire ce changement de main, puisqu'elle ne transmet le témoin à personne. En fait, elle *ne doit pas* le faire, car en faisant ce geste inutile, elle risque de le laisser tomber, ce qui serait synonyme de disqualification.

Dimanche 5 août

Depuis ma consécration mardi dernier, la délégation américaine a repris sa récolte de médailles, avec les titres olympiques au saut à la perche, au lancer de disque et au 400 mètres. Le général MacArthur prétend que ma médaille a eu un effet bénéfique sur les autres athlètes. Je crois qu'il m'aime bien.

Aujourd'hui, c'est la dernière journée des épreuves d'athlétisme, traditionnellement consacrée au marathon et aux finales de relais. On a encore de bonnes chances de médailles : hier, les garçons ont dominé les demi-finales du 4 x 100 mètres et du 4 x 400 mètres. Puis, avec Mary, Jessica et Loretta, nous avons égalé le record du monde du 4 x 100 mètres lors de notre demi-finale.

Nous sommes donc qualifiées pour la finale et je me mets secrètement à rêver d'une seconde médaille d'or. Si nous rééditons notre course d'hier, tout est possible !

L'après-midi débute très bien avec les titres dans les deux relais masculins. Chez les filles, nos plus sérieuses concurrentes sont les Canadiennes, dont trois filles étaient en finale de l'épreuve individuelle.

Lorsque le départ est donné, comme je suis la dernière relayeuse, j'observe la course des premières sprinteuses. Mary Washburn résiste plutôt bien à la rapide Fanny Rosenfeld. Malheureusement, Jessica manque cruellement de vitesse de pointe face à Ethel Smith. Et les Canadiennes veulent leur revanche, après la déconvenue du 100 mètres ! Loretta, notre troisième relayeuse, perd encore de la distance face à Myrtle Cook. Quand je reçois enfin le témoin, j'ai huit mètres de retard sur Jane Bell. Sur le papier, je suis bien plus rapide qu'elle, mais huit mètres, c'est énorme. Je donne toute l'énergie qu'il me reste et parviens à refaire la moitié de mon retard... Mais la ligne d'arrivée arrive trop vite et je ne peux rien faire de plus.

Les Canadiennes gagnent l'or en battant le record du monde.

Pour nous, ce sera l'argent.

J'espérais l'or, mais je n'ai pas le droit d'avoir des regrets : nous avons fait de notre mieux. Nos adversaires étaient juste plus fortes que nous.

Dimanche 12 août

Une semaine s'est écoulée depuis le relais 4 x 100 mètres, et quelle semaine ! Les épreuves d'athlétisme étant finies, j'ai assisté, l'esprit totalement libéré, aux épreuves de la seconde moitié d'Olympiade. J'ai admiré le saut d'obstacles en équitation, vu Johnny Weissmuller gagner deux médailles d'or, découvert le charmant village de Sloten où se courait l'aviron, et applaudi les femmes gymnastes, qui ont (elles aussi !) enfin eu le droit de concourir.

Et voilà, les Jeux d'Amsterdam s'achèvent déjà.

Nous sommes réunis une dernière fois dans le Stade olympique pour la cérémonie de clôture. La reine Wilhelmine des Pays-Bas nous remet les médailles d'or, le prince Hendrik les médailles d'argent et le président du Comité international olympique les médailles de bronze. Puis un immense feu d'artifice embrase le ciel alors que l'orchestre de la marine interprète une joyeuse marche. Tout le monde a les yeux qui brillent.

Enfin, la flamme olympique est éteinte : elle sera rallumée dans quatre ans, aux Jeux de Los Angeles. Je me jure d'y être, de défendre mon titre et d'aider les États-Unis à gagner celui du relais.

Dans quatre ans, j'aurai vingt ans et toute la vie devant moi.

Chapitre 13

Retour en fanfare aux États-Unis

Dix jours plus tard, alors que le SS *President Roosevelt* s'apprête à rejoindre New York, le général MacArthur me donne un dernier conseil : « Prends des forces et repose-toi bien, me dit-il d'un air entendu, tu vas en avoir besoin... »

Et en effet, les célébrations commencent dès que, revêtus de nos uniformes officiels, nous posons le pied sur le sol américain. Je cherche dans la foule dense le visage de mes parents :

— Papa ! Maman !

— Betty, ma chérie !

Nous nous embrassons, nous nous enlaçons et nous versons quelques larmes de joie, qui se mêlent aux gouttes de pluie. Mais pas le temps de leur raconter mes exploits. Les organisateurs invitent tous les athlètes à rejoindre une estrade où le maire de New York nous félicite et nous remet la médaille de la ville :

— Une parade était prévue dans les rues de Manhattan, s'excuse-t-il, mais la météo capricieuse nous a obligés à l'annuler.

On nous embarque aussitôt dans des autocars en direction l'hôtel McAlpin, où un photographe prend les derniers clichés de la délégation au grand complet. Ensuite, le secrétaire du Comité olympique nous convie à un déjeuner au cours duquel il déclare l'équipe officiellement dissoute : la belle aventure olympique s'achève ici, chacun retrouve sa liberté, et moi mes parents.

Pour fêter nos retrouvailles, papa et maman ont prévu que nous passerions trois jours à New York, avant de regagner Chicago. Et ils m'ont concocté un magnifique programme : spectacle de music-hall à Broadway, journée de visite de Manhattan, match de base-ball des Yankees et rencontre avec Babe Ruth, le plus grand joueur de base-ball de tous les temps (en fait, c'est papa qui en est fan et qui profite de ma célébrité toute nouvelle pour le rencontrer !), dîner au restaurant...

Pendant ces trois jours, je leur raconte dans le détail mes six semaines loin d'eux, le voyage sur le paquebot, ma copine Dee et le général MacArthur, Amsterdam et les Pays-Bas, les mauvais résultats initiaux de la délégation américaine, mon incroyable finale, la joie sur le podium, le relais... Malgré la fatigue, je suis intarissable et mes parents m'écoutent en silence, les yeux pétillants d'amour et de fierté.

— Ma chérie, tu n'as rien oublié ? me demande papa, le soir du dîner au restaurant.

Je lève les yeux de mon entrecôte garnie et réfléchis : non, j'ai l'impression d'avoir tout raconté...

— J'ai oublié quelque chose ?

Mon père pose sur la table un minuscule paquet enveloppé de papier cadeau.

— Joyeux anniversaire, Betty ! s'exclame maman.

— On est déjà le 23 août ? J'avais complètement oublié !

— Tu peux ouvrir ton cadeau !

Je regarde le paquet, intriguée : il est si petit... Je le déballe et découvre une clé, accrochée à un porte-clé avec l'inscription « FORD ». Mon cœur bat la chamade. Est-ce vraiment...

— Une voiture ?

— Oui, une Ford Model A. C'est une voiture d'occasion, mais elle a un démarreur électrique. Elle est garée devant la maison.

— C'est trop beau ! Fallait pas...

— C'est pour tes dix-sept ans et pour ta médaille.

— Oh, merci, merci beaucoup !

Et ce n'est qu'un début !

De retour à Chicago, je suis prise dans un tourbillon, ou plutôt une tornade de festivités et de témoignages de reconnaissance ! Cette fois-ci, ce ne sont plus seulement mes parents qui me disent qu'ils sont fiers de moi, mais la ville, la région tout entière !

Ça commence dès la descente du train. Revêtue de mon costume olympique, symbole de mon statut de championne, je suis accueillie par une fanfare de cuivres et par des admirateurs qui m'offrent des bouquets de fleurs. Je bafouille quelques mots de remerciement, mais ce n'est pas facile quand des larmes de joie, d'émotion et de fatigue menacent à chaque coin de phrase. Heureusement, les organisateurs me demandent de faire court, car le planning de la journée est très chargé. Je saute avec mes parents dans une limousine en direction l'hôtel de ville de Chicago, où la femme du maire et le procureur se disent fiers qu'une enfant de Chicago ait porté si haut les couleurs de la cité. Pour me remercier, ils m'offrent une montre incrustée de diamants. J'ai du mal à décrocher mon regard tant elle brille, mais je dois vite regagner la limousine pour la suite des festivités. À l'IWAC, un déjeuner est donné en mon honneur. La présidente du club me remet une carte de membre à vie ainsi qu'un pendentif en or représentant un petit soulier de course. Là, ce n'est plus l'enfant de Chicago qui est célébrée, mais « la femme qui, dans un monde d'hommes, s'est surpassée pour marquer l'histoire de l'athlétisme de son empreinte ». Après un après-midi de repos au Edgewater Beach Club, la limousine nous conduit, mes parents et moi, dans les locaux de l'Amateur Athletic Union pour un dîner de gala. Le président se dit fier qu'un membre de la fédération locale ait rapporté d'Europe la plus belle récompense sportive qui soit, un titre olympique ! Et il me remet un bracelet en or. Le soir, épuisée mais heureuse, je regagne enfin ma bonne vieille maison de Riverdale pour une nuit de sommeil. La dernière fois que j'ai dormi dans mon lit, j'étais inconnue et en guerre contre mes parents. C'était il y a deux mois et demi, une éternité !

Le lendemain, un nouveau marathon m'attend. Riverdale a organisé une gigantesque fête en mon honneur. Pour que tout le monde puisse me voir en vrai, la journée débute par une parade de vingt kilomètres dans les rues de ma ville et des communes voisines. Des dizaines de milliers de personnes se pressent et m'applaudissent, agitent des petits drapeaux américains, jettent des confettis et des serpentins, tandis que je défile, debout à l'arrière d'une limousine décapotable, en les saluant et en recevant fleurs et cadeaux. La fête se poursuit dans le grand parc de Riverdale : après un discours, le maire me remet une magnifique bague avec un diamant gros comme une myrtille. Ma famille, mes amis, mes camarades de lycée, mes voisins, des journalistes et plein de gens que je ne connais pas sont là pour me témoigner leur fierté et leur reconnaissance.

À plusieurs reprises, je suis prise d'une sorte de vertige : tout cet amour, tous ces cadeaux, tous ces regards tournés vers moi, c'est trop ! Est-ce que je les mérite vraiment ? Au fond, je ne suis qu'une fille de dix-sept ans qui a la chance de courir très vite... Ça me fait même un peu peur : à force de m'entendre dire que je suis une vedette, ne vais-je pas finir par le croire et par avoir des caprices de diva ?

J'aimais bien la fille simple et souriante que j'étais avant. Je n'ai pas envie de changer.

Heureusement, mes parents sont là et, dès le lendemain des festivités, ils m'emmènent une semaine au camping de Stone Lake. C'est là que j'ai passé toutes mes vacances d'été depuis que je suis bébé. J'y ai mes habitudes. Loin de la vie tumultueuse des derniers mois, je me pose, me repose et prends le temps de redevenir moi-même.

Chapitre 14

Nouvelle vie à Northwestern

Les trois années suivantes ont été les plus heureuses de ma vie.

La première des trois a été ma dernière année au lycée.

En général, au lycée, rien ne change vraiment d'une année sur l'autre. Les garçons ont un peu plus de boutons, les filles un peu plus de maquillage, et c'est à peu près tout. Pour moi, tout a été bouleversé !

Petit inventaire des changements survenus :

→ Le jour de la rentrée, personne ne m'a demandé : « Et toi, t'as fait quoi pendant les vacances ? » Les journaux en avaient parlé, tout le monde savait.

→ Dans l'annuaire des élèves, à la case « Ambition professionnelle », j'ai remplacé « Professeur de latin » par « Devenir coach de l'équipe olympique américaine en 1936 ».

→ Lors de l'élection des délégués de classe, mon programme était aussi banal que celui des autres candidats : « Je vous défendrai aux conseils de classe et je me battrai pour que la cantine soit meilleure... » Mais grâce à ma toute nouvelle popularité, j'ai été élue au premier tour !

→ Pas mal de garçons ont commencé à me tourner autour. Ma copine Brittany, un brin jalouse, m'a dit que ce n'était pas moi qui les intéressais, mais ma célébrité. Je lui ai répondu que ce n'était pas elle non plus qui les intéressait, mais ses fesses. Ça lui a cloué le bec.

→ De toute façon, je n'ai pas le temps de sortir avec des garçons (et pas l'envie non plus, ou peut-être un peu peur). Mon emploi du temps est très chargé entre les entraînements à l'IWAC, les répétitions de la pièce de théâtre *Bab* avec le Boys' and Girls' Club, mes permanences à la bibliothèque, le club de latin, sans oublier les cours et les devoirs. Pour rassurer maman, je me dois d'avoir des A dans toutes les matières.

→ Maman, justement : notre relation est désormais beaucoup plus détendue. J'ai survécu à un long voyage en Europe et j'en suis revenue couverte de gloire. J'ai l'impression qu'elle me fait confiance. À la maison, nous discutons sereinement, presque comme deux adultes. C'est chouette.

→ Mais ce dont je suis la plus fière, c'est le changement de regard sur l'athlétisme féminin. Le professeur Price m'a invitée à lui rendre visite au club d'athlétisme et j'ai été applaudie par tous les garçons. Mon seul regret : que Carlito et mes plus virulents adversaires de l'an passé soient maintenant à l'université. J'aurais adoré voir leur tête ! J'aurais aussi aimé revoir Bob, mais lui aussi a quitté le lycée pour l'université... Pour permettre au plus grand nombre de me voir courir, le principal du lycée a organisé une course le mercredi 29 septembre à la mi-temps du match de football américain entre Thornton et Morgan Park. Mon amie Helen, qui ne participe plus qu'à des courses de haies, a gentiment accepté d'être ma compétitrice. Ce jour-là, la fréquentation du stade a doublé : de nombreux spectateurs sont venus uniquement pour nous voir, Helen et moi.

Voilà ce qu'est devenue ma vie de lycéenne après Amsterdam. La célébrité a changé beaucoup de choses pour moi, mais, d'après mes parents, je suis restée aussi naturelle et accessible qu'avant. Je n'ai pas pris la grosse tête et ça, ça me rend très heureuse.

Cette année scolaire s'est achevée en beauté en juillet 1929, avec l'obtention de mon diplôme de fin d'études et de deux titres nationaux. Le championnat des États-Unis avait lieu à Chicago, à Soldier Field, un stade qui me porte chance : j'ai gagné le 50 yards et le 100 yards, avec deux records du monde à la clé.

Puis est venu le temps d'aller à l'université.

Je me suis inscrite à la Northwestern University en filière éducation physique. Mon objectif : devenir professeure de sport, une fois ma carrière de sprinteuse terminée. C'est fou ! Comment aurais-je pu imaginer cela, il y a un an et demi, juste en courant après un train ?

L'université se trouvant à vingt-cinq kilomètres au nord de Chicago et Riverdale à la même distance au sud, le temps de trajet quotidien aurait été trop important. Du coup, j'ai pris une chambre sur le campus et je ne suis plus rentrée que les week-ends.

Et, c'est bien connu, quand les parents ne sont pas là, les enfants dansent ! Cette année-là a été celle de toutes les libertés et de toutes les découvertes. À commencer par ma rencontre la plus belle : Bert Riel.

J'ai rencontré Bert par un bel après-midi d'automne, alors que j'étais allongée sur une pelouse à relire mes cours. Lui s'amusait à lancer un petit ballon ovale à un copain, en augmentant la distance de tir à chaque fois. Lorsqu'il m'a vue, il s'est approché et m'a demandé, avec beaucoup d'aisance :

— Salut, on se connaît ?

— Euh... non, je ne crois pas.

— Je suis pourtant sûr de t'avoir déjà vue quelque part... Hé ! tu ne serais pas... Betty Robinson ?

Il avait l'œil car, depuis mon titre olympique, je m'étais laissé pousser les cheveux et je ne ressemblais plus aux photos publiées dans les journaux.

— Oui, c'est moi.

— Super ! Moi, c'est Bert. Content de faire ta connaissance ! Si tu as un peu de temps, j'aimerais bien discuter avec toi de sprint. Je fais du basket, du football américain et du base-ball. Pour courir plus vite, il faudrait que j'améliore mon explosivité. Tu as certainement quelques conseils à me donner... Je peux m'asseoir un instant à côté de toi ?

— Euh... oui.

— Ron, lança-t-il à son camarade, je te retrouve tout à l'heure au stade. À plus !

Nous avons parlé pendant une heure d'athlétisme, des Jeux olympiques, puis de base-ball, de basket-ball, de cinéma, de musique...

— J'ai encore plein de questions à te poser sur le sprint, me dit-il alors que je devais retourner en cours. Cela te dirait de prendre un verre demain à 17 heures à la cafétéria du campus ?

Le lendemain, j'ai revu Bert et nous avons parlé de tout sauf d'athlétisme (j'ai découvert plus tard qu'il en savait déjà autant que moi sur le sprint...). Bert me faisait penser à Bob : grand, musclé, avec un visage anguleux et des pommettes bien marquées, passionné de sport, un peu plus âgé que moi.

Bref, mon genre de garçon ! Mais avec un avantage sur Bob : Bert semblait s'intéresser à moi...

Le lendemain, le cœur battant, je l'ai revu et j'en ai appris un peu plus sur lui, sur son enfance à Watseka (dans l'Illinois), sur la bijouterie de son père (qu'il ne voulait pas reprendre), sur son entrée à la Northwestern University (trois ans plus tôt). Joueur vedette de l'équipe de basket, il en est rapidement devenu capitaine. Et comme il excelle également au tennis, au base-ball et au football américain, tout le monde lui prédit un brillant avenir sportif au niveau national.

Le week-end suivant m'a paru effroyablement long : deux jours entiers à Riverdale en tête à tête avec mes parents, en pensant tout le temps à Bert... Le lundi matin, lorsque je l'ai revu, j'ai su que j'étais amoureuse.

Quelle année magnifique ! Avec Bert, le soir, nous prenions souvent ma voiture pour aller voir un film, dîner au restaurant ou danser à Chicago. Et mon titre olympique nous ouvrait les portes des associations étudiantes de l'université, pour y parler de sport ou pour y faire la fête. Il y avait plein de choses à manger, de l'alcool (je me demande où ils se le procuraient, car, avec la Prohibition, la fabrication et la vente d'alcool étaient interdites) et des cigarettes. C'est d'ailleurs là que j'ai commencé à fumer. Au début, j'ai craché mes poumons, puis je m'y suis habituée. Ce qui me plaisait, ce n'était pas tant d'aspirer la fumée que de tenir la cigarette entre mes doigts. L'actrice Louise Brooks le faisait avec tellement d'élégance ; j'essayais de l'imiter ! Par ce geste, je voulais montrer aux adultes que j'étais l'une des leurs, et aux hommes que j'avais les mêmes droits qu'eux.

J'étais amoureuse, j'étais heureuse, j'étais libre.

À la fin de cette belle année, je me suis rendue à Dallas pour le championnat d'athlétisme des États-Unis. Bien que je n'aie pas eu de coach attitré pendant cette année universitaire, je m'étais entraînée sérieusement et j'avais la certitude de conserver mes deux titres nationaux. J'étais sans doute trop sûre de moi : une jeune Texane de mon âge d'origine polonaise, Stella Walsh, m'a battue dans les deux courses, me dépossédant au passage de mes records du monde. Ce 4 juillet 1930, je suis brutalement passée du statut de « grande favorite pour les Jeux de Los Angeles » à celui de « l'une des favorites ». Ce que j'avais fait vivre à Helen Filkey deux ans plus tôt, je venais de l'éprouver.

Un choc.

Pendant toutes les vacances, j'ai ruminé cette défaite. Je devais réagir, changer quelque chose dans ma façon de courir et de m'entraîner. Et vite !

À la rentrée universitaire, je suis allée voir Frank Hill, l'entraîneur de l'équipe masculine d'athlétisme de Northwestern, réputé pour ses excellents résultats. Physiquement, il ne payait pas de mine : taille moyenne, corpulence moyenne, âge moyen. Les traits impassibles de son visage ne trahissaient aucune émotion. Il fallait observer le mouvement de ses énormes sourcils noirs pour tenter de deviner ce qu'il éprouvait : les deux sourcils vers le haut, de la satisfaction ; les deux vers le bas, du mécontentement ; celui de gauche vers le haut et l'autre vers le bas, de l'étonnement.

— J'aimerais que vous me preniez dans votre équipe, lui ai-je demandé d'emblée. Je sais que vous n'entraînez que les garçons, mais cela ne me gêne pas. Au lycée, je m'entraînais déjà avec eux. Je travaille aussi dur qu'eux.

— Permettez-moi d'en douter...

Quoi ?!... On m'avait prévenue qu'Hill était très dur avec ses élèves, parfois tyrannique, mais je ne m'attendais pas à être reçue ainsi. En tant que championne olympique en titre, j'étais habituée à plus de manières !

— Pourquoi dites-vous ça ? balbutiai-je en accusant le coup.

— Je vous connais un peu, vous savez, mademoiselle Robinson. J'étais dans le stade à Amsterdam lorsque vous avez gagné votre titre. Et l'année dernière, je vous ai observée vous entraîner. J'ai eu le temps de me faire un avis sur vous. Voulez-vous l'entendre ?

Oui et non... Non, car je savais que ça n'allait pas me plaire. Oui, car cela pouvait m'aider à progresser.

— Oui, je suis venue pour ça.

— Je pense que vous avez un don incroyable de sprinteuse. Il suffit de vous voir courir pour comprendre que votre corps est naturellement taillé pour ça. Ce don vous a permis d'atteindre les sommets de votre discipline avec une grande facilité, sans trop travailler...

« Sans trop travailler » ? Je repensais aux heures passées sur la piste d'entraînement. Je le trouvais injuste, et cela a dû se voir sur mon visage : son sourcil gauche s'est légèrement relevé.

— Je me doute que vous avez travaillé un minimum votre technique, nuança-t-il. Mais, selon moi, votre grande force jusqu'à présent a surtout été votre décontraction. À Amsterdam, par exemple, par rapport aux filles qui attendaient les Jeux depuis des années, vous n'aviez aucune pression. Vous n'aviez rien à perdre, et cela vous a aidée à gagner. Je me trompe ?

Sur ce point précis, non, il avait raison, mais de là à dire que j'y étais arrivée « sans trop travailler » !

— Depuis, votre situation a radicalement changé. Avec votre palmarès, vous êtes désormais la fille à abattre. Que vous le vouliez ou non, vous avez une cible collée dans le dos et cela décuple la détermination de vos adversaires. Toutes veulent vous battre, ne serait-ce qu'une fois ! La pression a changé de camp...

Son analyse était pertinente. À mes débuts, j'étais en effet dans la peau d'une chasseuse, avec Helen Filkey ou Fanny Rosenfeld dans ma ligne de mire. Depuis, j'étais devenue la proie de filles comme Stella Walsh. Et c'est la proie qui connaît la peur, pas le chasseur. Comment devais-je gérer cela ?

— Mon objectif, lui expliquai-je, ce sont les prochains Jeux olympiques. Je veux me qualifier et défendre mon titre.

— Deux ans jusqu'à Los Angeles, c'est jouable...

— Accepteriez-vous de m'aider ?

— Je veux bien vous aider, mais la vraie question est surtout : acceptez-vous que je vous aide ? Car si je deviens votre entraîneur, vous devrez respecter mes règles. Règle n° 1 : supprimer de votre vie tout ce qui peut vous ralentir, à savoir fumer, boire, manger copieusement, se coucher tard, perdre du temps avec des activités secondaires... Règle n° 2 : vous concentrer sur ce qui vous rend plus rapide, à savoir le travail, le travail et encore le travail.

Il me demandait, ni plus ni moins, de renoncer à ma vie de l'année passée : fini les clubs de théâtre, les soirées, les cinémas avec Bert à Chicago, tous les petits plaisirs de la vie...

Comme je tardais à répondre, il enfonça le clou :

— Je vais reformuler ma question autrement : quelle est votre ambition dans la vie ? Et pour l'atteindre, quels sacrifices êtes-vous prête à faire ?

Mon ambition était de gagner le titre à Los Angeles. La médaille d'argent ne m'intéressait pas. Et j'étais prête à renoncer à tout pour y parvenir ! (Enfin, presque tout, car je continuerais à voir Bert, quoi qu'il arrive.)

— Je veux conserver mon titre olympique et, pour y parvenir, j'accepte vos règles.

— Parfait ! Dans ce cas, rendez-vous lundi au stade.

Les semaines suivantes, j'ai découvert une nouvelle façon de m'entraîner. Le coach Price se comportait avec ses athlètes comme un père bienveillant. Le coach Sheppard, de l'équipe olympique, comme un ancien champion avec de futurs champions. La vision du coach Hill se rapprochait de celle du général MacArthur : nous étions des soldats et les compétitions étaient des batailles. Pour les gagner, nous devions avoir, le jour J, une condition physique en béton armé et un mental en acier trempé. Le coach établit pour moi un programme d'entraînement très précis alternant séances de musculation, d'explosivité ou encore de récupération, afin que mes pics de forme coïncident avec le championnat des États-Unis, l'été suivant, puis les Jeux olympiques, l'été d'après. Rien dans ma vie quotidienne ne devait perturber cet entraînement militaire. J'appris aussi des techniques mentales pour m'aider à gérer la pression lors des compétitions. Par exemple, la sensation de marcher sur les nuages, ressentie à Soldier Field, n'était pas rare chez les grands champions. Et les très grands champions étaient capables, grâce à des petits rituels qui leur étaient propres (manière de lacer ses chaussures, de se signer, de saluer la foule…), de se mettre en condition de revivre cet état presque à chaque compétition. Ce serait mon prochain objectif…

Le 23 février 1931, l'IWAC organisa à Chicago une course en intérieur contre Stella Walsh, annoncée comme la revanche du championnat des États-Unis. J'étais très excitée à l'idée d'appliquer ce que le coach Hill m'avait appris. Durant les quatre-vingt-quinze premiers yards de la course, Stella et moi avons été au coude-à-coude puis, grâce à mon excellente condition physique, j'ai pris le dessus dans les cinq derniers yards, gagnant d'une tête. L'énorme travail effectué depuis la rentrée, à raison d'une ou deux séances d'une heure par jour, alternant musculation, endurance et vitesse, soit en extérieur soit en intérieur, avait payé !

Et il paya à nouveau en juin. Le coach Hill pensait que j'étais capable d'allonger ma distance de course. Je me suis donc inscrite sur 220 yards à un meeting d'athlétisme dans le Milwaukee. Et, pour ma première sortie officielle, j'ai battu le record de la distance !

En quelques mois, j'étais redevenue la plus rapide au monde.

J'avais une famille, un copain, un avenir et du bonheur à revendre, mais il était écrit que ça ne durerait pas.

Chapitre 15

Brutal retour sur Terre

Dimanche 28 juin 1931, 6 h 30.

J'arrête la sonnerie du réveil, m'étire et me rends dans la cuisine. Il fait déjà jour mais, de si bonne heure un dimanche matin, la maison est silencieuse. Papa et maman dorment, ainsi que mes sœurs et leur famille aux étages. Je me prépare un grand bol de café au lait, un verre de jus d'orange, des céréales et une tartine beurrée. Tout en déjeunant, j'écoute le chant d'un merle par la fenêtre grande ouverte. J'adore ces moments de calme, lorsque la ville dort encore et que j'ai l'impression d'être seule au monde.

À 7 h 15, je suis au volant de ma voiture en direction de Chicago. Comme il n'y a personne sur la route à cette heure-là, je roule à vive allure. J'adore la vitesse. Un agréable courant d'air frais pénètre par les fenêtres. Depuis plusieurs jours, une vague de chaleur accable le pays et, à Chicago, la température dépasse largement les 35 °C en journée. Je dois profiter de la fraîcheur du matin pour m'entraîner : l'après-midi, en plein cagnard, cela devient dangereux. Les journaux ont annoncé plusieurs décès liés à la canicule.

Je me gare devant l'immeuble de l'IWAC, où je m'entraîne pendant les vacances d'été. L'année universitaire est passée si vite ! Je me change et me rends au stade voisin. Le coach Hill n'est pas là, mais il m'a préparé un programme très précis. Depuis mon record du monde sur 220 yards, la semaine dernière, il se demande sur quelles distances je concourrai lors du championnat des États-Unis le mois prochain à Jersey City. Je courrai bien sûr le 100 yards, ma distance de prédilection, mais aurai-je l'énergie de m'aligner en plus sur 50 yards *et* sur 220 yards ?

Peu après 10 h 30, la température de l'air grimpe brusquement de quelques degrés. Ça fait plus de deux heures que je m'entraîne et j'ai l'impression d'être dans un sauna. Je bois beaucoup d'eau, me mouille le visage et les cheveux, mais rien n'y fait : je ne pourrai pas produire beaucoup plus d'efforts ce matin.

Je retourne à l'IWAC, prends une douche froide et me change. J'ai très envie de piquer une tête dans la piscine, au sous-sol de l'immeuble, mais le coach Hill me l'a formellement interdit : il dit que la natation fait travailler des groupes de muscles différents de ceux de la course à pied, et cela nuit aux sprinteurs. Je ne comprends pas pourquoi, mais je respecte à la lettre ses consignes, même quand il n'est pas là.

À 11 heures, je suis dans ma voiture en route vers la maison. L'effet bienfaisant de la douche a déjà disparu. Si j'ouvre les fenêtres, un vent brûlant me fouette le visage ; si je les laisse fermées, l'habitacle devient une fournaise. Je cherche un moyen de me rafraîchir et pense alors à mon cousin Wilson. Comment n'y ai-je pas songé plus tôt ? En altitude, il fait plus frais qu'au sol !

Je me gare devant la maison, en espérant que mes parents sont encore à la messe. Oui, l'appartement est vide. Je me jette sur le téléphone et appelle ma tante.

— Bonjour Nancy, c'est Betty. Est-ce que Wilson est là, s'il te plaît ?... Il vient de partir à l'aérodrome ? Super, merci ! Je le rejoins tout de suite ! Bon dimanche.

En raccrochant l'appareil, j'entends la porte d'entrée qui se referme. Pourvu que ce soit papa.

— Tu vas à l'aérodrome ?

Eh mince, c'est maman, et elle a entendu la fin de la conversation.

— Euh... oui. Avec la chaleur, l'entraînement a été épuisant aujourd'hui. Je vais faire un tour avec Wilson. Ça me rafraichira...

— Tu ne préfères pas plutôt prendre une douche ?

— J'en ai pris une tout à l'heure, mais l'effet ne dure pas. Un petit tour en avion me fera du bien.

Le visage de ma mère se referme.

— Tu sais que je n'aime pas ça... Je te fais confiance pour la voiture, l'université, les voyages, l'athlétisme... Mais l'avion, c'est vraiment trop dangereux !

— Maman ! Wilson a obtenu son brevet de pilote il y a plus d'un an et l'avion qu'il a acheté avec ses copains est neuf. J'ai déjà volé une dizaine de fois avec lui et il ne m'est jamais rien arrivé !

— À chaque fois, j'ai très peur que tu ne reviennes pas ! Le moteur peut tomber en panne... Wilson peut faire un malaise... Et si les ailes se détachaient ?

Cette discussion me fait brusquement revenir trois ans en arrière, lorsque j'avais seize ans et que maman voulait tout m'interdire, de peur qu'il m'arrive quelque chose. Quelle régression !

— Arrête, maman, c'est ridicule !

— Non, ce n'est pas ridicule ! Si tu meurs, je ne m'en remettrai jamais...

— Rassure-toi, si je meurs, moi non plus je ne m'en remettrai jamais !

— N'essaie pas d'être drôle, Betty. Essaie plutôt de me comprendre !

Non, non et non ! Je n'en ai ni le temps ni l'envie. J'ai chaud, je suis fatiguée et, si je tarde trop, Wilson aura décollé quand j'arriverai à l'aérodrome... C'est d'ailleurs peut-être ce que maman espère : gagner du temps pour qu'il soit trop tard, pour me faire changer d'avis ou pour que papa rentre et prenne sa défense. Mon sang commence à bouillir :

— Oh puis tu m'ennuies avec tes peurs idiotes ! Je suis majeure et je fais ce que je veux !

Je me tourne, sors de l'appartement d'un pas rapide et claque la porte. Dans l'escalier, je croise mon père.

— Ça va, Betty ?

— Oui, ça va. Je vais faire une course.

Je sors de la maison et saute dans ma voiture. Pendant tout le trajet jusqu'à l'aérodrome, je bouillonne intérieurement. La discussion avec maman est tellement stupide, Wilson est un excellent pilote et son appareil est neuf. Je ne risque rien. Je regarde ma montre : pourvu qu'il n'ait pas décollé...

En me garant devant l'aérodrome, je souffle de soulagement : le Waco 10 de Wilson est là. Impossible de le rater ! Il a fière allure avec son fuselage rouge vif, ses deux paires d'ailes, ses deux places ouvertes protégées par des larges pare-brise et son puissant moteur Curtiss à huit cylindres en V. Mon cousin, les mains pleines de cambouis, en referme le capot.

— Salut Wil, ça va ?

— Salut Betty ! T'as de la chance de me trouver là… À cette heure, je devrais déjà être en train de voler, mais j'ai eu un petit problème d'allumage. Tu viens faire un tour avec moi ?

— Bien sûr, je suis là pour ça !

— Attends, je vérifie que la bête démarre correctement…

Wilson escalade la carlingue et se glisse à l'intérieur de la place arrière, celle du pilote. Il actionne le démarreur : le moteur toussote, une épaisse fumée noire sort des pots d'échappement et l'hélice se met à tourner.

— C'est bon, hurle Wilson pour couvrir le vacarme, tu peux monter !

Pendant qu'il fait chauffer le moteur et effectue les derniers réglages, je grimpe sur le fuselage, prends place à l'avant, attache la ceinture, enfile le bonnet d'aviateur et positionne les lunettes sur mes yeux. Lorsque le Waco 10 fonce à 200 à l'heure en plein ciel, ça fait un sacré courant d'air sur le visage ! Je me retourne vers mon cousin et lève mon pouce droit. Il y répond en levant le sien.

Wilson met les gaz et l'avion commence à rouler sur l'herbe. En orientant la gouverne de direction, il le dirige vers l'extrémité de la piste de décollage.

J'adore ce moment, lorsque l'avion est à l'arrêt sur sa ligne de départ, prêt à bondir. À l'autre bout de sa course, aucune ligne d'arrivée, mais l'envol vers la liberté !

Et c'est parti : le moteur gronde, l'avion s'ébranle, roule et bringuebale sur l'herbe inégale. Wilson augmente les gaz et le biplan prend de la vitesse, 80, 100, 120 km/h. Le bout de la piste approche... Une traction sur le manche à balai oriente les gouvernes de profondeur vers le bas et, aussitôt, le contact chaotique avec le sol disparaît : le Waco 10 a décollé. Quelle sensation extraordinaire ! Je suis dans la peau d'Amelia Earhart, la première femme à avoir traversé l'Atlantique en avion, trois ans plus tôt...

Le biplan prend rapidement de l'altitude. Nous dépassons la cime des arbres. J'admire sur ma gauche le toit des maisons, les rues rectilignes, les automobiles à peine plus grosses que des scarabées et, au loin, le lac Michigan...

Mais soudain, alors que nous avons atteint cinq cents ou six cents pieds d'altitude, le moteur toussote et l'avion pique sur sa gauche. Wilson s'amuse-t-il à me faire une petite frayeur ? Je me retourne et lis de l'inquiétude dans ses yeux. Quelque chose ne va pas ! Le moteur crache un nuage de fumée noire et s'arrête... Le biplan pique du nez... Le toit des maisons grossit à toute vitesse... Wilson essaie de redresser l'appareil avant qu'il ne décroche... Sans succès… Je me retourne à nouveau… De la terreur dans son regard… Nous allons nous écraser ! Je suis tétanisée de peur… Je vais mourir et je ne peux rien faire… La cime des arbres… Le sol… Un choc effroyable.

Je ne suis plus qu'un corps broyé dans un amas de bois et de métal. Cinquante kilos de souffrance. J'ai dix-neuf ans et ma vie s'envole. J'avais pourtant encore plein de choses à vivre. J'aurais dû écouter maman et ne pas monter dans cet avion. Mourir fâchée contre sa mère… Je la revois dans sa cuisine. Je revois papa. Je revois notre maison de Riverdale. Il paraît qu'on repasse le film de sa vie juste avant de mourir. Je viens de tout revoir. Je dois être morte.

SECONDE PARTIE

APRÈS

Chapitre premier

J'ouvre les yeux. Tout est blanc. Un cri strident et continu m'enveloppe. Il est si violent qu'il fait vibrer mon corps tout entier. Des formes blanches se mettent à bouger au-dessus de moi. Le cri finit par diminuer. Je ferme les yeux.

Le cri strident est revenu, plus fort qu'avant. J'ouvre les yeux. Je ne sais pas d'où il vient. Je ne comprends pas où je suis. Au ciel ? Le cri est si puissant qu'il m'empêche de bouger. S'il ne cesse pas rapidement, je vais devenir folle. Suis-je en enfer ? Les formes blanches s'approchent de moi et le cri s'estompe. Je referme les yeux.

Lorsque le cri me réveille à nouveau, une angoisse terrifiante m'envahit. Je veux savoir où je suis et pourquoi j'y suis ! Je ne me souviens de rien.

Je ne comprends rien. Une forme blanche entre dans mon champ de vision et une voix brumeuse se mêle au cri strident.

— Elle se réveille !

Une seconde forme blanche apparaît.

— Ne bouge pas, Betty, n'essaie pas de parler. Tu es à l'hôpital. Tout va bien. Repose-toi, mon bébé !

La forme blanche touche ma main et le cri diminue. Je m'endors.

À mon réveil, le cri strident et continu est revenu, mais il est moins fort, presque supportable. Je regarde autour de moi sans bouger la tête, juste avec les yeux. Je suis allongée sur un lit. Au-dessus, un plafond blanc. Ma jambe gauche, entièrement plâtrée, est surélevée. Mon bras gauche aussi est plâtré. Des perfusions pénètrent dans mon bras droit. Maman est assise sur une chaise à côté du lit. Elle porte une blouse blanche.

— Tu es réveillée ? chuchote-t-elle. Ne bouge pas, je reviens !

Quelques instants plus tard, elle réapparaît accompagnée d'un homme en blanc.

— N'essayez pas de parler, me dit-il. Si vous m'entendez, contentez-vous de cligner de l'œil.

Je réponds en clignant les yeux.

— Parfait ! Je vais vous poser quelques questions. Vous clignerez une fois pour dire oui, deux fois pour non. Vous m'avez compris ?

Je cligne une fois des yeux.

— Est-ce que vous sentez quelque chose quand je touche votre main ?

Je cligne une fois.

— Et quand je chatouille votre gros orteil ?

Je cligne une fois.

— C'est très bien, la colonne vertébrale n'a pas été touchée.

La colonne vertébrale ? Mais qu'est-ce qu'il m'est arrivé ? J'essaie d'articuler une question, rien ne sort de ma bouche. Un souvenir me revient à l'esprit : je m'entraîne à l'IWAC, il fait chaud et je décide de rentrer. Ensuite, plus rien, le vide, le trou noir jusqu'à mon réveil dans cet hôpital. Que s'est-il passé ? Le cri strident reprend soudain, m'enveloppe et me crispe. Le docteur l'a entendu : il fait quelque chose qui atténue le cri. Je ferme les yeux et m'endors.

Lorsque je me réveille, maman est toujours là. Le cri aussi.

— Bonjour Betty.

Elle se lève pour que je puisse mieux la voir. Elle me sourit.

— Comment vas-tu ? Est-ce que tu as mal ? Cligne des yeux pour me répondre...

Est-ce que j'ai mal ? À vrai dire, je n'en sais rien... Je réfléchis et réalise soudain que le mystérieux cri n'en est pas un. Dans le brouillard du réveil, je l'ai pris pour un son insupportable, mais c'est de la souffrance. Mon corps hurle, et je suis la seule à l'entendre. La douleur est un cri qui vient de l'intérieur.

Je cligne une fois des yeux.

— Je vais demander à l'infirmière de t'injecter une dose de morphine.

Une infirmière arrive et s'active. Le cri strident s'évanouit et je me sens mieux.

— Je suis tellement contente que tu sois sortie du coma, me dit maman.

Du coma ???

— Qu'est-ce... qu'il... m'est... arrivé ?

Chaque mot qui sort de ma gorge desséchée est comme un coup de rasoir.

— Tu ne te souviens de rien ?

Je cligne deux fois des yeux.

— Dimanche dernier, tu es allée t'entraîner à l'IWAC et, comme il faisait chaud, tu as voulu faire un tour avec Wilson. L'avion s'est écrasé...

Je me suis écrasée en avion ? Comment se fait-il que je ne m'en souvienne pas ?

— Un témoin est arrivé peu après l'accident. Il a sorti ton corps des débris mais il n'a pas trouvé ton pouls. Il a cru...

Maman réprime un sanglot.

— ... que tu étais morte. Il t'a mise dans le coffre de sa voiture et t'a conduite à la morgue. Là, quelqu'un a remarqué que tu respirais encore. Il t'a transportée ici, à l'hôpital d'Oak Forest.

— Et... Wil... son ?

— Il est vivant. Il a une jambe très abîmée, mais il n'est plus en danger.

Maman s'assied.

— Le docteur ne veut pas que je te parle trop longtemps, pour ne pas te fatiguer. Dors un peu, mon bébé...

Cette fois, ce n'est pas la douleur qui me réveille. Je commence à retrouver mes esprits et des questions saugrenues s'entrechoquent dans ma tête : combien de temps vais-je garder les plâtres ? Seraije prête pour le championnat des États-Unis dans un mois ? Et si je n'ai pas retrouvé toute ma forme, quelle course vais-je supprimer de mon programme : le 50 yards ou le 220 yards ? Le coach Hill va-t-il adapter l'entraînement à ma situation ?

J'ouvre les yeux. Papa est là.

— Bonjour ma grande, bien dormi ? Puisque tu es réveillée, je vais appeler l'infirmière...

Une infirmière arrive, me prodigue des soins et me fait boire un peu d'eau.

— Quand tu étais dans le coma, m'explique mon père, tu étais alimentée grâce à la perfusion. Je suis content que tu sois à nouveau capable de boire.

L'eau fraîche me fait le plus grand bien.

— Et maman ? dis-je, soulagée de pouvoir à nouveau parler sans trop souffrir.

— Je lui ai demandé de rentrer à la maison. Depuis ton accident, elle a passé tout son temps à tes côtés, à te veiller, à t'écouter dormir, à prier pour éloigner la mort. Maintenant que ta vie n'est plus en danger, il faut qu'elle se repose un peu.

— Qu'est-ce que j'ai... à la jambe ?

— Plusieurs fractures ouvertes au fémur gauche. Les chirurgiens ont fixé les morceaux d'os avec des clous en argent. Tu as aussi une triple fracture au bras gauche. Et tu as eu une commotion cérébrale, responsable de ton coma. On a aussi craint des lésions internes, notamment à la colonne vertébrale. Dieu merci, tu n'as rien ! C'est un grand miracle !

— Est-ce que... je pourrai à nouveau... courir ?

— Ça dépend à qui tu poses la question ! Si tu lis les journaux, non seulement tu ne courras plus jamais, mais tu ne pourras même plus marcher, et peut-être même es-tu déjà morte... Mais tu connais les journaux ! Les médecins qui t'ont opérée, eux, refusent de se prononcer. Mais tu connais les médecins ! En fait, je crois que c'est toi qui as la réponse, car cela dépendra beaucoup de toi. Qu'en penses-tu ?

Avec ma jambe gauche en compote, il est évident que je vais devoir tirer un trait sur le championnat des États-Unis, dans trois semaines. Mais les Jeux de Los Angeles, dans un an, me semblent jouables.

— Oui, je courrai à nouveau... Je ne me suis pas entraînée aussi dur... depuis aussi longtemps... pour renoncer aujourd'hui.

— C'est bien, ma fille. Je suis fier de toi. Maintenant, il faut que tu te reposes...

— À tout à l'heure, papa.

— Ah, une dernière chose ! Un jeune homme est venu plusieurs fois lorsque tu dormais... Un gentil garçon nommé Bert... Ça te dit quelque chose ?

Je souris : j'aurais dû en parler aux parents bien avant...

— Ton premier sourire depuis l'accident ! murmure mon père d'un air réjoui. J'en déduis que tu connais ce garçon. Il a dit qu'il reviendrait.

Je m'endors rassurée : tout va redevenir comme avant.

Les jours et les semaines qui suivent, je fais d'énormes progrès. Je réapprends à boire et à manger toute seule, je retrouve un rythme de sommeil normal et mes douleurs diminuent, si bien que je n'ai plus besoin ni de morphine ni de perfusion.

Bien sûr, je reste clouée au lit vingt-quatre heures sur vingt-quatre. Je m'occupe donc comme je peux, en dévorant des romans (pas facile de tenir un livre et de tourner les pages avec un bras dans le plâtre !) et en feuilletant des journaux. Dans celui daté du

26 juillet, je découvre les résultats du championnat d'athlétisme des États-Unis, à Jersey City. Stella Walsh a remporté le 220 yards, mais n'a fini que troisième du 100 yards, gagné par une certaine Eleanor Egg. La star de la compétition a été Babe Didrikson, titrée sur 80 yards haies avec un record du monde à la clé, au saut en longueur avec élan et au lancer de balle de base-ball. J'aurais adoré participer à ce championnat. Je suis sûre que j'y aurais gagné deux ou trois médailles. Mais aucun regret : d'une part, j'ai de la chance d'être encore en vie, d'autre part, mon véritable objectif reste les Jeux de Los Angeles !

Comme mon état de santé s'améliore rapidement, j'ai le droit à de plus en plus de visites. L'hôpital d'Oak Forest se situant à moins de dix kilomètres de Riverdale, maman vient tous les jours. Papa, ma sœur Jeannette, son mari Jim et ma sœur Evelyn viennent dès que leurs obligations familiales et professionnelles le permettent. Bert profite de ses vacances pour me rendre visite tous les deux jours. Nous parlons de l'université, de sport, de la rentrée scolaire, de la pluie et du beau temps. Du beau temps, surtout...

Et j'ai quelques visites inattendues :

— Eh, Helen ! Entre donc !

Helen Filkey s'assied à côté du lit.

— Bonjour Betty. Je suis heureuse que tu ailles mieux ! Après ton accident, j'ai souvent demandé de tes nouvelles à tes parents. J'étais très inquiète.

— Ça va mieux ! Et toi, comment tu vas ?

— Très bien, merci !

— Au fait, j'ai pas vu ton nom dans les résultats du 80 yards haies, au championnat des États-Unis. C'est pourtant ta discipline préférée. T'étais pas à Jersey City ?

Elle s'assombrit tout à coup :

— Non ! J'étais pourtant en pleine forme : la semaine d'avant, j'avais gagné les haies au meeting Central AAU...

— Qu'est-ce qui t'est arrivé ?

— J'ai dû trouver du boulot.

— Et... ?

— Je travaille chez un fabricant de trophées et de médailles. La fédération d'athlétisme a considéré que ce fabricant utilisait ma renommée sportive pour mieux vendre ses produits. Et donc que je touchais de l'argent grâce à mon activité dans le sport. Et donc que je ne pratiquais plus cette activité de manière amateure, mais professionnelle. Et donc que je n'avais plus le droit de participer à aucune compétition amateure...

— Mince alors ! Tu n'aurais pas pu trouver un autre travail ?

— Pas le choix... Les temps sont durs, tu sais. Je le regrette d'autant plus que le 80 mètres haies féminin sera au programme des Jeux olympiques de Los Angeles. Moi qui rêvais d'y participer...

Pauvre Helen ! Finalement, de nous deux, ce n'est peut-être pas moi la plus malheureuse. Moi, j'ai encore une chance d'aller à Los Angeles. Et cet objectif va m'aider à me remettre sur pied plus vite...

Ce n'est pas que je n'aime pas les infirmières ni les médecins d'Oak Forest, qui ont été très gentils avec moi, ni les autres malades, que j'ai beaucoup entendus tousser et gémir, ni ma chambre, dont le plafond blanc a été mon unique horizon pendant dix semaines, mais ce 6 septembre 1931 est un grand jour : je sors de l'hôpital !

Je conserverai mes plâtres pendant encore trois semaines, mais au moins je serai à la maison, dans mon lit, entourée de ma famille, prête pour un nouveau départ !

Chapitre 2

Ce n'est pas ce que j'avais imaginé.

Je suis dans mon lit, les mains pleines de pipi.

— Maman, s'il te plaît !

Maman entre dans ma chambre.

— Tu as fini ?

— Je m'en suis encore fichu partout !

— Betty, ton langage !

— Désolée...

— Ce n'est pas grave, ma chérie, je vais nettoyer ça.

J'en ai marre de devoir glisser une cuvette en métal sous mes fesses pour faire pipi, marre de ne pas pouvoir aller aux toilettes comme tout le monde, marre de ces plâtres qui m'empêchent de bouger, marre de devoir être aidée pour tout, marre de passer du lit au fauteuil roulant et du fauteuil roulant au lit, marre d'être enfermée... Marre, marre, marre ! Treize semaines sans pouvoir rien faire. Vivement qu'on m'enlève les plâtres !

Le médecin découpe délicatement celui de ma jambe gauche. Je regarde ma cuisse, je ne la reconnais pas : elle est blanche, toute maigre et parcourue par une immense cicatrice. Je savais qu'elle ne serait pas comme avant, mais je ne l'imaginais pas aussi abîmée.

— Ne vous inquiétez pas, tente de me rassurer le médecin. La peau est sèche, mais elle va vite redevenir normale si vous la massez régulièrement avec une crème. La cicatrice aussi se verra moins, mais il a bien fallu vous ouvrir la cuisse pour fixer l'os cassé avec les clous. Enfin, vous n'avez plus marché depuis trois mois : votre masse musculaire a fondu. Mais grâce à la rééducation, vos muscles vont se renforcer.

Je ne suis pas rassurée du tout. J'observe ma cuisse et une drôle d'impression m'envahit : ce n'est pas ma jambe. La mienne me permettait de courir cent mètres en douze secondes. Cette horrible chose accrochée à mon corps n'en est pas capable. Je veux récupérer ma vraie jambe, celle d'avant l'accident. Foutu accident !

Le médecin retire le plâtre de mon bras gauche : lui aussi est tout sec et tout fin, mais sans la cicatrice. Le bras, c'est moins gênant, j'en ai moins besoin pour courir.

— Je vais vérifier la mobilité de vos membres, m'annonce le docteur. Dites-moi si cela vous fait mal !

Il commence par faire bouger ma main dans tous les sens, puis déplie mon bras jusqu'à le rendre presque droit. Ce n'est pas trop douloureux.

— Et maintenant, la jambe !

Il soulève mon genou et replie doucement la jambe. Elle grince et je grimace de douleur. Il force un peu, mais ne parvient pas à la plier à plus de 90 degrés.

— Le bras, ça ira. Pour la jambe, ce sera plus long...

Exactement ce que je redoutais.

Je suis anéantie. Je me retiens de pleurer.

Je passe plusieurs heures par jour à faire les exercices conseillés par le médecin pour remuscler et assouplir ma jambe. Deux fois par semaine, une infirmière vient à la maison, me prodigue des massages et m'aide à faire les mouvements. C'est douloureux, mais la douleur ne me fait pas peur : avant l'accident, à l'entraînement, je forçais tellement sur mon corps que j'ai apprivoisé la souffrance. Ce qui m'embête, c'est de ne pas avoir retrouvé mon autonomie. Pour me lever avec les béquilles, pour me déplacer dans la maison, pour faire ma toilette, pour tout, j'ai besoin de ma mère.

— Attends mon bébé, je vais t'aider !

Non ! Pas « mon bébé » !!! J'ai déjà tellement l'impression d'en être redevenu un ! Quand je suis sortie du coma, il a fallu me donner à boire et me faire ma toilette. Comme à un bébé. J'ai ensuite dû réapprendre à faire mes nuits et à me tenir assise. Comme un bébé. Et papa s'est même extasié lorsque j'ai affiché mon premier sourire ! Avec le retrait des plâtres, je pensais retrouver rapidement un début d'autonomie. Eh bien non ! Je suis toujours un bébé qui a besoin de sa maman pour faire ses premiers pas...

La petite bulle d'oxygène qui me permettait de ne pas étouffer, moi qui passe mes journées seule à la maison avec maman, vient d'éclater.

Au début, Bert venait me voir tous les deux jours, puis il a espacé ses visites, et maintenant il ne vient plus du tout. Il ne m'a pas dit pourquoi. Bien sûr, les cours ont repris et ça fait une trotte depuis Northwestern, mais quand même... Je suis triste de ne plus le voir et de me dire qu'il ne tenait peut-être pas tant que ça à moi. J'ai l'impression de m'être fait avoir. Brittany avait raison : ce n'était pas moi qui intéressais les garçons, mais ma célébrité. Ce qui plaisait à Bert, c'était d'avoir à son bras une championne olympique, une fille populaire et médiatique. Avec mes béquilles, je le suis beaucoup moins, forcément...

Crétin de Bert et putain d'accident d'avion !

(Oui, maman, je sais, mon langage.)

Deuxième semaine sans plâtre. Les premiers jours, les progrès étaient rapides et j'étais très optimiste. Depuis, je dois fournir beaucoup d'efforts pour une amélioration ridicule. J'arrive à peine à faire le tour de ma chambre sans béquilles. C'est déprimant.

— C'est normal, lâche maman, il faut que tu t'habitues à ta nouvelle jambe. Nous ne te l'avons pas dit plus tôt pour ne pas t'inquiéter, mais elle est un peu plus courte maintenant...

— Plus courte ?!!!

— Oui, un centimètre, à cause de l'opération. C'est pas beaucoup, un centimètre...

Pas beaucoup pour quelqu'un qui doit juste s'occuper du ménage, mais pour quelqu'un qui veut courir cent mètres dans neuf mois à Los Angeles, c'est énorme !

— Tu veux que je t'aide, Betty ?

Non, je ne veux pas de ton aide, tu ne peux rien faire pour moi. Oh, puis si !

— Oui, j'aimerais marcher dans la rue. Tu peux m'aider à descendre les escaliers ?

— C'est encore trop tôt. Tu es trop fragile. Si tu tombes dans l'escalier, je n'aurai pas la force de te relever...

Alors pourquoi me proposer ton aide ? Je sens bien que, quelque part, ce qui m'arrive fait ton bonheur. Ça y est, je suis revenue à la maison, comme

Evelyn et Jeannette avant moi. Et maintenant, sous prétexte de me protéger, tu peux me couver, me surveiller, m'empêcher de partir ! Ça t'embêtait que je grandisse et que je m'émancipe, n'est-ce pas ? Eh bien tu as gagné, je suis redevenue ton « bébé » !

Je regarde ma jambe difforme et immonde. J'ai envie de la taper avec un marteau, de la cisailler avec un couteau, de la massacrer. Elle est responsable de tout ce qui m'arrive ! Avant l'accident, j'avais du talent, de l'ambition, un copain, des cours à l'université, des loisirs, une vie intense et heureuse. Maintenant, à cause de cette saloperie de jambe, je n'ai plus rien. Je lui en veux. Je la déteste ! Et j'en veux aussi à Wilson de n'avoir pas su poser son avion sur la piste. Et je m'en veux d'être montée dedans, conne que je suis !

(Oui, je sais, « Betty ton langage ! », mais je m'en fous : je suis prisonnière d'un corps infirme, alors j'ai le droit d'être libre dans ma tête et d'utiliser les mots que je veux. C'est d'ailleurs la seule chose qui me fasse encore du bien...)

J'en peux plus. Faut que je respire.

Papa vient de partir au travail et maman débarrasse la table du petit déjeuner dans la cuisine. J'en profite pour chausser mes tennis (pas simple quand on ne peut pas plier le genou au-delà de l'angle droit), j'enfile mon manteau, prends ma béquille gauche, ouvre la porte d'entrée, sors sur le palier et referme la porte sans bruit.

L'escalier me paraît terriblement abrupt. Depuis trois mois et demi, je n'ai pas descendu une seule marche. Je m'accroche à la rampe droite, pose la béquille et ma jambe infirme sur la première marche, puis, en m'appuyant à la fois sur la rampe et sur la béquille, pose mon pied droit sur la marche. Une marche, une ! Je recommence avec la deuxième marche, puis la troisième. À la quinzième, mes muscles tremblent de fatigue. La béquille est instable et ma jambe gauche un poids mort. Il faut que j'atteigne le palier du demi-étage pour me reposer. Plus que deux marches... mais la béquille glisse, je bascule en avant, me retiens à la rampe, lâche la béquille, tombe le nez contre le mur.

Je suis étendue sur le palier. J'ai très mal à la jambe et je me sens tellement nulle, incapable de descendre de bêtes escaliers. Je ne serai jamais prête pour Los Angeles. Mes derniers espoirs viennent de s'effondrer avec moi ! À quoi bon continuer à faire des efforts ? J'en ai marre, marre de tout ! Ce qui m'arrive est tellement injuste. J'aurais mieux fait d'y rester, dans cette saloperie d'avion ! Au moins, ce serait fini, je ne serais pas cette infirme avec sa vie horrible ! Des larmes de rage, de désespoir, d'impuissance me montent aux yeux. J'ai essayé d'être forte, d'y croire, de surmonter l'adversité, mais je n'y arrive pas. Pour la première fois depuis l'accident, je pleure. Je voudrais crever pour de bon, disparaître pour toujours...

Une porte s'ouvre à l'étage.

Oh non, pitié, pas maman ! Elle va encore me faire sentir qu'elle avait raison...

Quelqu'un descend du second étage.

C'est Jim, mon beau-frère.

— Bah... Betty, qu'est-ce que tu fais là ?

Je sèche furtivement mes larmes.

— Je voulais prendre l'air et je suis tombée.

— Fallait demander...

Il ramasse ma béquille et m'aide à me relever :

— Je t'accompagne en bas.

— Tu ne vas pas à ton travail ?

— Si, mais je prends toujours de l'avance, alors je ne serai pas en retard.

Appuyée d'un côté à la rampe, de l'autre au bras de Jim, je descends les marches du demi-étage. En sortant dans la rue, la fraîcheur automnale me fouette le visage et me revigore.

— Merci Jim, je peux me débrouiller seule maintenant.

— J'ai tout mon temps. Je vais marcher un peu avec toi. Tu veux ta béquille ?

— Non, je vais essayer sans.

— Alors appuie-toi sur mon bras !

Nous faisons quelques pas dehors. Je me remplis du bruit des voitures, de la vision des passants qui vont à leur travail, du vent dans les arbres, de l'odeur des feuilles mortes. Soudain, une petite mélodie me tire un sourire intérieur : le merle s'est mis à chanter...

— Merci Jim, merci infiniment. Tu ne peux pas savoir comme ça me fait du bien, mais ça suffit pour aujourd'hui.

— Je te raccompagne. Si tu veux, je peux passer demain matin avant mon travail et nous ferons un petit tour dehors. Ce serait bon pour ta rééducation, non ?

— Ça ne t'embête pas ?

— Bien sûr que non.

— Alors je veux bien.

Tous les matins de bonne heure, j'attends derrière la porte, mes tennis aux pieds, mon manteau sur le dos et une écharpe autour du cou, que la sonnerie retentisse. Un peu comme un chien qui guette le retour de son maître pour sortir. C'est le meilleur moment de la journée. Quand l'infirmière vient pour ma rééducation, cela se passe à la maison. Avec Jim, au moins, je sors !

Les premiers jours, nous nous contentons de faire quelques pas devant la maison. Puis nous marchons jusqu'au croisement de notre rue avec Wabash

Avenue. Puis nous faisons le tour du pâté de maisons. Puis nous le faisons en trottinant. Certains jours, Jim et moi n'échangeons pas un mot. D'autres, nous parlons du dernier match des Chicago Bears, de son travail, de Jeannette, de leur fils James.

Je n'arrive toujours pas à plier ma jambe, mais je sens qu'elle se renforce et je n'ai plus peur de m'appuyer dessus ni de descendre les escaliers toute seule.

— Tu n'es plus obligé de m'accompagner, tu sais !

— Si si, ça me fait plaisir.

Je me demande pourquoi Jim fait tout ça. Peut-être est-ce à cause de la guerre de 14-18... Beaucoup de ses compagnons ont été blessés ou sont morts, mais lui a été épargné. Paie-t-il une dette en m'aidant ? À moins que ce ne soit par pure gentillesse...

En tout cas, grâce à lui, je retrouve l'espoir.

Merci Jim !

Chapitre 3

Mars 1932, neuf mois après l'accident.

Papa est au volant, maman à ses côtés, mes valises dans le coffre. Je réintègre aujourd'hui ma chambre à l'université et, pour rejoindre Northwestern, nous traversons Chicago. C'est la première fois que j'y reviens depuis le crash. Assise à l'arrière de l'automobile, je suis tiraillée par des sentiments contradictoires : heureuse de quitter la maison, mais effarée par ce que je vois au-dehors.

Aux portes de Chicago, des bidonvilles ont poussé comme des champignons après la pluie. Ici et là, sur d'anciens terrains vagues, des amoncellements de cabanes en bois et en tôle ondulée, des tas de détritus, des feux de bois où viennent se réchauffer des femmes et des enfants en haillons, des chiens errants. Quelle tristesse...

Le long de la route, des hommes poussent des charrettes, s'arrêtent à chaque poubelle et y plongent les mains à la recherche d'un morceau de ferraille à récupérer, d'un vêtement encore mettable, d'un quignon de pain. On dirait la fin du monde.

Là, une file interminable de gens au regard vide s'étire sur plus de cinquante mètres. Ce qu'ils attendent est inscrit en lettres noires sur l'immeuble où débute la queue : « Soupe populaire ». Un pâté de maisons plus loin, une magnifique bâtisse de style colonial est à vendre. C'est au moins la trentième depuis le départ de la maison.

Dans le riche quartier du Loop, de nombreux magasins où j'allais l'an dernier ont fermé leurs portes. Assis par terre, des mendiants attendent que des passants leur jettent une petite pièce. Un homme vêtu d'un élégant costume sombre avec nœud papillon fait les cent pas sur le trottoir. Il a accroché une grande pancarte en carton autour du cou : « Cherche travail décent. Père de famille, 44 ans. Diplômes universitaires. Travail de bureau souhaité. Travail manutentionnaire accepté. »

La raison de tout ça, je la connais depuis longtemps : l'euphorie économique qui a porté le pays pendant des années a brusquement pris fin en octobre 1929. Tout a commencé lorsqu'on s'est aperçu que les entreprises étaient moins rentables que prévu. Les épargnants, qui s'étaient endettés pour acheter des actions de ces entreprises, les ont revendues en grand nombre. Le système financier s'est alors effondré en quelques jours, comme un château de cartes sous un vent de panique. Le prix des actions s'est écroulé, les entreprises ont perdu de leur valeur, les épargnants ont été ruinés... Des milliers de sociétés et de banques ont fait faillite, des centaines de milliers d'employés ont perdu leur travail et ont dû vendre leur maison. D'où les bidonvilles, les soupes populaires, les mendiants, les magasins fermés...

Bien sûr, la crise n'est pas nouvelle ; elle a commencé un an et demi avant mon accident. Mais, à l'époque, je n'y prêtais pas attention. Je venais juste de commencer mes études à Northwestern, je découvrais un autre monde, j'étais amoureuse, je m'entraînais, et la banque dont papa est directeur n'avait pas été touchée... À l'université comme à la maison, j'étais dans une bulle, bien protégée.

Après neuf mois loin de Chicago, les effets de la crise me sautent violemment aux yeux. Je suis effrayée par ce que je vois et inquiète pour l'avenir, pour mon avenir : d'après papa, la crise n'est pas près de s'arrêter. Finira-t-elle par nous rattraper ?

L'université de Northwestern, elle, n'a pas changé. Le campus est toujours aussi beau avec ses immenses bâtiments en pierres blanches, ses pelouses bien entretenues et ses grands arbres. La Grande Dépression semble s'être arrêtée à ses grilles.

Je suis très heureuse d'y revenir. Je vais enfin pouvoir tourner la triste page de ma vie intitulée « Comment j'ai failli mourir dans un accident d'avion » et entamer l'écriture de la suivante. Elle s'appellera « Comment je suis redevenue une championne. »

Je ne me fais pas d'illusions, le retour à la normale sera difficile. Juste un exemple : en cours, j'ai pris six mois de retard et il me faudra travailler d'arrache-pied (expression bizarre, quand on connaît mon histoire) pour le combler. Mes camarades m'aident beaucoup et je devrai repasser plusieurs modules l'an prochain. Pas grave, j'y arriverai.

Pour paraître la plus « normale » possible, j'essaie de ne pas boiter lorsque je marche dans les allées du campus, malgré ma jambe plus courte et plus raide. Je ne veux pas attirer le regard des autres étudiants et encore moins susciter leur pitié.

Bien sûr, certaines choses ne seront plus jamais comme avant. La première fois que j'ai croisé Bert, ça m'a fait un choc : il était accompagné d'une jolie fille blonde. Sa nouvelle petite amie ? Je n'ai pas cherché à le savoir. Je ne veux plus avoir affaire à lui. Depuis, je change de chemin chaque fois que je l'aperçois au loin. Par chance, le campus est grand et ça arrive rarement.

Quinze jours après mon retour, je me sens prête à reprendre un entraînement léger. Je me rends sur la piste d'athlétisme, où le coach Hill travaille avec quatre étudiants en short. Lorsqu'il m'aperçoit, il n'en revient pas.

— Hé, Betty ! Content de vous revoir ! Comment allez-vous ?

Je lui résume en cinq minutes les neuf mois écoulés (il m'a écrit au début de ma convalescence, mais je ne me souviens plus ce que je lui ai répondu alors, dans le doute, je redis tout).

— J'aimerais reprendre l'entraînement, conclus-je. Vous pensez que je peux revenir dans votre équipe ?

Il fronce les sourcils.

— En ce moment, non, c'est impossible... Les sélections pour les Jeux ont lieu dans trois mois et je prépare quatre garçons pour l'épreuve. Ça me prend beaucoup de temps.

Je cache mal ma déception. M'a-t-il vue boiter ? Est-ce une façon polie de me dire qu'il ne veut pas entraîner une invalide ?

— En plus, insiste-t-il comme si je n'avais pas compris, j'aide à l'organisation des sélections féminines pour les Jeux. Elles ont lieux ici même, au stade de Northwestern, et c'est un honneur pour notre université de les accueillir. Nous devons être à la hauteur !

— Ah, j'ignorais...

— Eh bien retenez la date du 16 juillet. Une place d'honneur vous sera réservée dans les tribunes !

Moi, je voulais courir, pas regarder courir. Je suis horriblement déçue.

— Et revenez me voir en septembre, j'aurai plus de temps. Je vous ferai faire un test et je verrai ce que je peux faire pour vous !

— Vrai ?!!! Merci coach !

Tout n'est donc pas perdu. Le lendemain à l'aube, j'enfile mon survêtement et mes chaussures de sport, et fais le tour du campus en trottinant. Ma jambe gauche est encore bancale, mais je m'en fais la promesse : elle sera d'aplomb en septembre.

Le 16 juillet 1932, il fait très chaud à Chicago.

Un stadier m'indique la tribune officielle où une place m'est réservée. Je fais semblant de m'y rendre et, dès qu'il a le dos tourné, je me précipite vers l'entrée des athlètes. Ce que je veux, c'est voir les filles de près, sentir l'odeur des vestiaires, entendre le crissement des chaussures sur la piste, ressentir la montée d'adrénaline avant la course.

— Betty ! Comment vas-tu ?

Je me retourne. C'est Annette Rogers, une ancienne copine d'entraînement de l'IWAC.

— Ça va, et toi ? Tu participes à quelle épreuve ?

— Saut en hauteur et 100 mètres.

— J'espère que tu vas te qualifier pour les Jeux !

— Je l'espère aussi... Et toi, tu reprends quand l'athlétisme ?

— En septembre.

— Super, alors à bientôt !

Pendant toute la compétition, je reste au bord de la piste. Chaque fois qu'un entraîneur ou une athlète me reconnaît et me demande des nouvelles, ça me fait chaud au cœur. Ça veut dire que je ne suis pas tout à fait morte.

Cet après-midi-là, Babe Didrikson fait très forte impression, en participant à huit des dix compétitions et en en gagnant six : saut en hauteur, 80 mètres haies, lancer de javelot, saut en longueur, lancer de poids et lancer de balle de base-ball. Quelle sensation de puissance et de fluidité se dégage d'elle !

Dire que j'étais comme elle...

Deux semaines plus tard, tous les après-midi à 5 heures, je colle mon oreille au poste de radio. Ça grésille beaucoup, mais je ne manquerais pour rien au monde ce rendez-vous. Les épreuves olympiques ne sont malheureusement pas retransmises en direct. Les organisateurs ont eu peur qu'à cause du prix des places et de la crise économique les spectateurs ne viennent pas au stade, et préfèrent la radio. Seuls les résultats sont donnés, mais ça me va. Chaque jour, je vibre à l'annonce des performances des Américains, et surtout des Américaines. Sans surprise, Babe Didrikson remporte le

80 mètres haies et le javelot, et finit deuxième du saut en hauteur. Sur la discipline reine du 100 mètres, c'est une grosse déception : le titre est remporté par Stella Walsh, pour le compte de la Pologne. Disposant de la double nationalité, elle a choisi de courir sous ses couleurs d'origine... Heureusement, l'honneur est sauf pour les États-Unis avec le titre et un record du monde pour le relais 4 x 100 mètres féminin. Ma copine Annette Rogers était deuxième relayeuse. Ça me donne très envie de reprendre la compétition. En 1936, à Berlin, je n'aurai finalement que vingt-quatre ans...

À la rentrée de septembre, je retourne voir le coach Hill.

Je ne peux toujours pas plier complètement ma jambe gauche, je boitille quand je cours et, comme chez les vieux, mon genou grince dès qu'il y a de l'orage. Mais je suis prête à reprendre l'entraînement.

Le coach me fait faire une série de tests (tours de stade en trottinant, départs debout, phases d'accélération, 50 yards à pleine vitesse...), puis il me rejoint. Il y a de la bienveillance sur son visage, ce qui ne lui ressemble pas. Avant l'accident, il était très sévère avec moi, limite tyrannique.

— Alors, Betty, qu'attendez-vous de moi ? me demande-t-il.

— J'aimerais que vous m'entraîniez.

— Oui, mais dans quel but ? Quelle est votre ambition ?

— Je voudrais reprendre la compétition.

— D'accord, mais à quel niveau ? Universitaire ? Régional ? National ?

— Euh... Olympique ?

— Ah...

Le silence qui suit en dit long.

— Vous me connaissez, Betty, il m'arrive d'être dur avec mes élèves. Et avec vous, je préfère l'être dès maintenant. Je ne pense pas que vous reviendrez un jour au plus haut niveau.

Coup de massue derrière la tête.

— Je suis prête à travailler très dur pour cela...

— Je connais votre capacité de travail, mais ça ne suffira pas. Même avec des années d'entraînement, vous ne regagnerez qu'une petite part de votre condition physique d'avant. Et quand vous l'aurez retrouvée – si vous y parvenez –, des filles de seize ou dix-huit ans auront commencé l'athlétisme et feront parler leur jeunesse...

Nouveau coup de massue. Ça me rappelle notre toute première discussion, quand j'essayais de le convaincre de me prendre dans son équipe. J'avais dû faire des concessions – arrêter de fumer, de sortir... Je suis prête à en faire de nouvelles.

— Bon, oubliez les Jeux... En fait, je veux juste reprendre la compétition...

— Même ça, ça me paraît difficile. Vous ne pouvez pas plier votre jambe : comment voulez-vous prendre un départ accroupi ? Et si vous partez debout, avant même le coup de feu du starter, vous aurez déjà deux secondes de retard sur les autres...

Je suis abattue. Depuis l'accident, me remettre à courir était l'objectif qui me faisait avancer. Si j'y renonce, tout s'écroule. Il faut absolument qu'il me reprenne dans son équipe.

— Je suis sûre que ma jambe va s'assouplir avec le temps. En attendant, je veux juste recommencer la course à pied. Ça me manque tellement... L'entraînement, l'effort... Vous comprenez ? Je veux juste conserver ça. C'est la seule chose qui me donne envie de me battre... Même si je finis dernière de toutes mes courses, je serai contente. S'il vous plaît, reprenez-moi comme élève !

Les sourcils du coach se redressent :

— Voilà enfin des arguments que je peux entendre, mademoiselle Robinson ! Et cet objectif est à votre portée. J'accepte de vous reprendre parmi mes élèves. Soyez prête lundi !

Un grand sourire se dessine sur mes lèvres, l'un de ceux dont ma mère dit qu'ils illuminent mon visage. Un proverbe chinois, lu une semaine plus tôt dans un *fortune cookie,* me revient à l'esprit :

« Le succès, c'est tomber sept fois et se relever huit. »

Je le prends comme un signe du destin ; je vais me relever !

Chapitre 4

— Assieds-toi, s'il te plaît.

Un vendredi soir du printemps 1933, alors que je rentre de Northwestern pour le week-end, papa et maman m'accueillent dans le salon. Ils ont leur visage des mauvais jours. Si je ne connaissais pas mon père, je dirais qu'il a pleuré, mais un Irlandais ne pleure pas. Je m'assieds dans le fauteuil, eux sur le canapé.

— Nous avons une mauvaise nouvelle à t'annoncer, dit papa. Ce mercredi, quand tu étais à l'université, les propriétaires de la banque sont venus me voir. Ils m'ont dit qu'ils devaient supprimer trois postes à cause de la crise. Et comme je suis le directeur, ils m'ont demandé trois noms. Mais mes employés ont tous une famille, une maison à rembourser, des problèmes... Je ne pouvais pas en choisir trois... J'ai répondu que c'était impossible. Les propriétaires ont donc établi la liste eux-mêmes, en y ajoutant mon nom...

La voix de mon père se noue. Ma mère prend la relève :

— Le lendemain, papa a dû prendre ses affaires et partir ! Licencié comme un malpropre après dix ans de travail acharné !

Le ciel me tombe sur la tête.

— On va devoir déménager ???

— Non, me rassure mon père, la maison est payée. On peut rester. Mais je ne sais pas quand je retrouverai du travail, ni quel travail je pourrais trouver... En attendant, nous devons faire des économies sur la nourriture, les habits, le chauffage...

— Pas de soucis, papa, je ferai attention.

— Et il y a une autre dépense... Nous y réfléchissons depuis deux jours avec ta mère... Ça nous fend le cœur, mais nous ne pourrons plus payer l'université. L'inscription et le logement sont trop chers...

— Tu veux dire...

— Il faut que tu arrêtes tes études. Bien sûr, c'est temporaire : dès que ma situation s'améliorera, tu les reprendras. Je suis vraiment désolé...

Mon père est au bord des larmes et moi en plein cauchemar. Après l'accident, je pensais avoir touché le fond et j'espérais remonter bientôt. Mais non ! Le fond vient de se dérober sous mes pieds et je m'enfonce toujours plus bas... Papa dit que c'est temporaire, mais je ne le crois pas : même s'il retrouve du travail, avec la crise, il ne retrouvera pas son salaire. Je ne reprendrai jamais mes études et ne deviendrai jamais professeure de sport. Et si je quitte l'université, le coach Hill ne pourra plus m'entraîner. Grâce à lui, je recommençais tout juste à prendre du plaisir à courir. Autant dire que l'athlétisme est fini pour moi... Tout ce que j'ai essayé de construire depuis des années s'écroule définitivement.

L'échec, c'est se relever huit fois et tomber neuf.

Au volant de ma voiture (pour combien de temps encore ?), j'admire une dernière fois les bâtiments en pierre blanche, les pelouses verdoyantes et les beaux arbres de Northwestern. J'ai chargé les affaires qui se trouvaient dans ma chambre et j'ai fait mes adieux à mes camarades, à mes professeurs et au coach Hill.

En franchissant les grilles de l'université, j'ai l'impression de quitter un paradis vert pour un enfer gris peuplé de bidonvilles, de soupes populaires et de mendiants. Jusque-là, je ne faisais que le traverser pour aller de la maison à l'université, ou de l'université à la maison, en tout cas d'une zone protégée à une autre. Cette période est finie, je ne retournerai plus à l'université et la misère a gagné notre maison.

À partir de maintenant, cet enfer gris sera mon quotidien.

Chaque matin, papa enfile son costume comme s'il allait au travail, puis il part après le petit déjeuner. Chaque soir, il rentre à l'heure à laquelle il revenait de la banque.

— Alors ? lui demande maman.

— Rien.

— Tu es allé à la paroisse ?

— Je suis allé partout.

J'ai de la peine pour papa. Il a consacré sa vie aux autres. Lorsqu'il travaillait, il donnait beaucoup de son temps et de son argent à l'amicale des Irlandais de Riverdale, à la paroisse catholique et à je ne sais quelles autres associations caritatives. Il a aidé énormément de familles. Et maintenant qu'il est dans le besoin, personne ne l'aide. Bien sûr, la situation est compliquée pour tout le monde, mais quand même...

— Je vais chercher du travail moi aussi, dis-je un soir. Il n'y a pas de raison...

Ma sœur Evelyn a créé son propre petit boulot : comme elle habite au rez-de-chaussée, elle a transformé une des chambres de son appartement en salon de coiffure. Que pourrais-je faire, moi ? Qu'est-ce que je sais faire ? Je peux donner des cours de latin, mais plus personne ne prend de leçons privées. Trop cher.

— Je vais demander à ma copine Helen. La dernière fois que je l'ai vue, elle travaillait chez un fabricant de médailles et de trophées. Si l'entreprise n'a pas fait faillite, ils ont peut-être quelque chose pour moi. J'ai été championne olympique. Ils pourraient utiliser mon image pour vendre leurs produits...

Mon père réfléchit.

— Non, pas ça.

— Bah... pourquoi ?

— Si tu travailles dans le domaine du sport, ça te rappellera tous les jours que tu as arrêté le sprint et ça te rendra malheureuse... En revanche, tu pourrais demander aux dames de l'IWAC : elles connaissent beaucoup de monde. Elles ont peut-être quelque chose à te faire faire...

— Oui, bonne idée.

Le lendemain matin, je me rends à l'IWAC. Je n'y suis pas revenue depuis le fameux entraînement du 28 juin 1931, il y a presque deux ans. Les lieux ont beaucoup changé. Plusieurs boutiques du rez-de-chaussée ont disparu. L'accueil luxueux avec grooms et hôtesses en uniforme également. La Grande Dépression est passée par là...

Je demande à parler à Mme Waterman, la directrice des sports, mais elle ne travaille plus ici. Par manque d'argent, la section athlétisme est sur le point de fermer ses portes, ainsi que les autres activités gratuites comme le dessin et la musique.

Je montre ma carte de membre à vie et demande à voir une responsable, n'importe laquelle. Une dame que je ne connais pas sort à ce moment-là de l'ascenseur.

— Mademoiselle Robinson ?

— Oui. Bonjour madame.

— Je suis la comptable de l'IWAC.

— Ah... Bonjour.

— J'ai appris pour vos malheurs. Comment allez-vous ?

Pour la millième fois, je raconte l'accident, le coma, le rétablissement, le retour à l'université. Mais cette fois, amère humiliation, j'ajoute que papa a perdu son emploi, que j'ai arrêté mes études et l'athlétisme, et que je cherche du travail.

— Que savez-vous faire ?

— J'écris sans faute d'orthographe, je suis bonne en calcul, je parle facilement aux gens, je suis avenante...

— Je vais voir ce que je peux faire... À quelle adresse puis-je vous contacter ?

J'ai donné mon adresse, sans y croire. En général, lorsqu'on vous dit « On vous contactera », ça veut dire « C'est non, mais je n'ai pas envie de vous le dire en face. » Une semaine plus tard, pourtant, je reçois une lettre. La directrice d'une galerie d'art située dans le quartier du Loop cherche une secrétaire. Il s'agit d'accueillir les visiteurs, de taper des lettres à la machines, de tenir des comptes. Ce n'est ni très intéressant ni très bien payé, mais c'est un travail et, par les temps qui courent (ils ont de la chance de courir, eux), je ne peux pas faire la fine bouche.

Deux jours plus tard, je rencontre la directrice de la galerie et j'obtiens le travail.

— Alors, Betty, ta journée ?

— Très bien. J'ai eu plusieurs visiteurs à qui j'ai montré les tableaux. Et j'ai tapé quelques lettres à des artistes. C'est chouette de se dire que j'écris à des peintres et des sculpteurs. Ils viendront peut-être à la galerie et je les rencontrerai. Et puis ma directrice est vraiment gentille.

En réalité, je me suis ennuyée du début à la fin. Taper des lettres à la machine est bête à mourir et, à la moindre faute, il faut tout recommencer. Et lorsque de rares personnes viennent regarder les croûtes exposées, je dois sourire et faire semblant d'aimer ce que je vends. Tout ça pour un salaire de misère ! Une fois l'essence payée, il me reste peu d'argent à donner à maman pour aider au fonctionnement de la maison.

Mais je dois faire bonne figure, car papa va mal. Il passe ses journées dehors, à la recherche d'une tâche à effectuer contre quelques sous : décharger un camion, repeindre un mur... Lui qui, en arrivant d'Irlande, a commencé par des petits boulots avant de devenir directeur de banque, est revenu à la case « petits boulots ». À cinquante ans passés, c'est très dur à vivre. Parfois, quand il rentre, il sent l'alcool.

Le soir, le potage contient de plus en plus d'eau, de moins en moins de légumes, et plus du tout de viande. C'est fade et peu nourrissant, mais ça me va. Je n'ai plus d'appétit à rien de toute façon depuis que j'ai arrêté l'athlétisme.

Après six semaines d'inactivité, papa retrouve enfin du travail. Il s'occupe de la sécurité à l'usine métallurgique Acme Steel Co. Le seul intérêt de ce boulot est qu'il se situe à Riverdale : y aller à pied ne coûte pas un sou. À la maison, l'ambiance est lourde, entre papa qui ne dit rien, moi qui enjolive éhontément mes journées et maman qui nous explique qu'elle a préparé des pommes de terre en robe de chambre, parce qu'avec la peau ça fait des repas plus copieux...

Après le dîner, je m'enferme dans ma chambre, m'allonge sur mon lit et mets la radio. Je n'écoute pas vraiment ce que raconte le présentateur. Je veux juste un fond sonore pour tuer le temps et m'empêcher de réfléchir. Le problème, c'est quand j'éteins le poste, vers minuit, comme je n'ai fait aucun effort physique de la journée, je ne suis pas fatiguée et le sommeil tarde à venir. Je rumine alors mes idées noires : l'accident, ma jambe gauche, l'arrêt des études et de l'athlétisme, Bert, mon boulot nul, papa qui déprime, maman qui fait ce qu'elle peut... Je m'endors vers 2 ou 3 heures du matin et, quand le réveil sonne à 7 heures pour aller au travail, je suis crevée et j'ai du mal à sortir du lit. Et me lever pour quoi ? Rien dans ma vie ne me donne envie...

Les mois passent, monotones. Hier, j'ai pris un grand carton et j'y ai mis mes médailles olympiques, mes coupes, les cadeaux reçus après Amsterdam (papa refuse que je les vende, mais je le ferai s'il le faut) et mes chaussures à pointes. J'ai caché le tout au fond d'un placard, sous de vieilles couvertures. Je ne supportais plus d'avoir sous les yeux ces fragments de mon brillant passé. Le contraste avec ma vie actuelle était trop cruel.

— Betty, me demande un jour ma mère alors que nous sommes toutes les deux dans la cuisine, tu ne voudrais pas sortir un peu le soir ?

— Sortir ?

— Oui, boire un verre avec Brittany et tes anciennes amies du lycée ? Ou aller au cinéma avec Helen ? Tu pourrais aussi te rendre en voiture au bord du lac Michigan et courir un peu. C'est l'automne, les couleurs doivent être magnifiques...

Revoir Brittany ou Helen ? Aucune envie de raconter ma nouvelle vie à mes anciennes amies ! Et les couleurs d'automne, très peu pour moi. Le gris de ma vie me suffit...

— Non, maman, nous n'avons pas d'argent à gaspiller au café, au cinéma ou en essence... Mais pourquoi veux-tu que je sorte ?

Depuis toujours, maman rêve que je revienne à la maison. Et maintenant que j'y suis pour toujours, elle veut que j'en parte...

— Je te trouve triste. Je sais que notre situation est difficile, mais tu ne ris plus, tu maigris à vue d'œil et tu as l'air tout le temps fatiguée. Où est passée la belle énergie qui te permettait de soulever des montagnes ? Ça te ferait du bien de sortir un peu, de voir du monde, de te changer les idées...

Oh, maman, si tu savais ! Je suis encore plus triste que tu le crois. Et le pire, c'est que je ne sais pas pourquoi. Il y a bien sûr la nostalgie de ce que j'ai perdu et la certitude que plus rien de bien ne m'arrivera, mais il y a aussi autre chose que je ne comprends pas. Comme si j'étais debout dans des sables mouvants. Plus le temps passe, plus je m'enfonce : j'en avais jusqu'aux genoux, puis jusqu'aux hanches, et maintenant jusqu'à la poitrine. Je commence à étouffer, et pourtant je ne fais rien pour m'en sortir. Je me sens si molle. Je regrette presque la période qui a suivi l'accident, lorsque je suis rentrée à la maison et que j'étais en colère contre ma jambe, contre le sort, contre le monde entier. Au moins, je voulais me battre et m'en sortir ! Là, j'ai juste envie de me coucher sur mon lit et d'attendre que quelque chose arrive. Mais rien ne vient, sauf les larmes.

— Excuse-moi, maman, je vais faire une sieste, je suis fatiguée, dis-je en réprimant un sanglot.

Pour me forcer à sortir, maman m'envoie souvent à l'épicerie de Riverdale. Elle espère que j'y croiserai une ancienne copine du collège ou du lycée. Un jour, alors que l'épicier me demande ce que je veux, c'est le trou noir. Je fais un gros effort pour tenter de retrouver ce que je suis venue chercher. Un chou ? Oui, il y avait un chou et... du riz ? Non, le riz, c'était l'autre jour. Il y avait trois autres choses, mais quoi ? Impossible de m'en souvenir ! Au lycée, j'étais capable d'apprendre une pièce de Shakespeare en une semaine, et maintenant je dois écrire une liste de quatre ingrédients pour ne pas les oublier. J'ai de la bouillie dans ma tête...

— C'est pas grave, dit gentiment maman à mon retour, je vais trouver quelque chose à faire avec un chou. Tu nous fais faire des économies, c'est bien !

Maman ne le montre pas, mais je sens bien qu'elle s'inquiète pour moi.

Je viens d'apprendre que mon cousin Wilson s'est fait amputer de la jambe gauche. Après l'accident, elle était en si mauvais état que les chirurgiens avaient envisagé de la couper, mais sa mère avait refusé : elle ne voulait pas d'un fils « diminué ». Malgré plusieurs opérations, Wilson n'a jamais réussi à remarcher. Après trois ans de terribles souffrances, il a décidé de se faire amputer pour repartir sur de nouvelles bases.

Je crois que je l'envie un peu. Ma jambe gauche ne me fait plus souffrir, mais elle est en grande partie responsable de ce qui m'arrive. Je lui en veux et ça ne me gênerait pas si elle finissait à la poubelle avec celle de Wilson. Et mon bras gauche, blessé pendant l'accident, également. Ainsi que ma tête, qui ne tourne plus rond...

Disparaître totalement ne me gênerait pas.

Chapitre 5

— Tiens, salut ! Tu viens boire une limonade au Franky's ? Je t'invite.

La poubelle à la main, je regarde mon beau-frère Jim, interloquée.

— C'est maman qui t'envoie ?

— Non, pourquoi ?

— Pour rien.

— J'ai juste envie de savoir comment tu vas. On se voit plus beaucoup depuis que tu travailles à la galerie...

Je vide la poubelle dans le grand bac au pied de l'immeuble. Je n'ai pas très envie de discuter avec Jim, mais il m'a tellement aidée après l'accident que je ne peux pas refuser.

— OK, je remonte la poubelle et j'arrive.

Le Franky's est un bar à la décoration rustique, qui se transforme en restaurant en début de soirée, puis en salle de concert en fin de soirée. La serveuse nous apporte deux bouteilles de limonade.

— Tu sais ce qui me manque le plus, actuellement ? me demande Jim après un quart d'heure de plates banalités sur son travail et sur le mien.

— Non.

— C'est le jogging qu'on faisait tous les deux dans le quartier, le matin avant le boulot. Tu ne voudrais pas recommencer ?

— Non.

— Un peu d'exercice nous ferait du bien...

— C'est maman qui t'a demandé ça ?

— Arrête un peu avec ta mère ! Je n'ai pas besoin d'elle pour savoir ce que je veux !

Je dois faire une drôle de tête, car Jim se sent obligé de se justifier :

— C'est une femme bien, tu sais, beaucoup plus forte que tu le crois. Et ses conseils ne sont pas forcément mauvais. Si tu l'avais écoutée avant ton accident...

— Si je l'avais écoutée, quoi ?

— Tu n'aurais pas eu d'accident. Elle t'avait déconseillé de prendre l'avion, mais tu t'es disputée avec elle et tu es partie rejoindre Wilson.

Je tombe de haut : je ne me souviens de rien et Jim est la première personne à m'en parler. Après le crash, maman ne m'a jamais rien reproché. Elle aurait pu. Au lieu de cela, elle a veillé sur moi nuit et jour, sans rien dire...

— Pour en revenir au jogging, me dit Jim, tu n'as vraiment pas envie de recommencer ?

— Pourquoi je recommencerais ? Avant l'accident, j'en faisais pour améliorer mon endurance et, après l'accident, pour renforcer ma jambe. Dans les deux cas, c'était pour le sprint, mais comme j'ai arrêté l'athlétisme...

— Tu as arrêté il y a un an et demi, c'est ça ? Tu n'as pas envie de t'y remettre ?

— Non.

— Pourquoi ?

Oh, Jim ! Ce devait être un moment sympa et ça vire à l'interrogatoire !

— Pourquoi ? Mais parce que je ne peux plus plier ma jambe, parce que je n'ai plus de muscles, parce que je n'ai plus de piste d'entraînement, parce que je n'ai plus d'entraîneur ! Ça te suffit ?

— Je pourrais devenir ton entraîneur. J'ai réussi à te refaire marcher, je peux réussir à te refaire courir ! Et le stade municipal de Riverdale serait heureux de t'accueillir : tu es une célébrité locale.

— Non, j'en ai plus envie. Ce qui me plaisait, c'était la compétition. Mais avec ma jambe, même en m'entraînant tous les jours, je ne gagnerai plus aucune course. Le coach Hill m'a prévenue lorsque j'ai repris.

Jim boit une gorgée de limonade, puis repose son verre.

— Gagner était ta seule motivation ?

— Ben oui...

— Il y a parfois des raisons cachées aux choses...

Arrête, Jim ! Tu me prends la tête et j'ai pas besoin de toi pour ça, je me la prends très bien toute seule...

— Pourquoi as-tu commencé l'athlétisme ? insiste-t-il. N'avais-tu pas envie de prouver, par exemple, que les filles étaient capables de faire aussi bien que les garçons ?

— Oui... sans doute.

— Y avait-il autre chose ?

Je ne vois pas où il veut en venir, mais j'aimerais que ça cesse. Si je lui donne une bonne raison, il changera peut-être de sujet.

— Pour être honnête, au début, courir était aussi un moyen de fuir la maison et ne pas finir comme ma mère et mes...

Je me tais pour ne pas blesser Jim qui est marié avec ma sœur Jeannette.

— ... et tes sœurs, c'est ça ? Tu trouves leur sort si horrible ? Elles s'occupent de leur maison et de leurs enfants. Elles essaient de leur transmettre des valeurs pour en faire des gens bien. C'est une activité très respectable, je trouve !

— Si tu le dis...

— Oui, je le dis. Et je pense qu'il y a une autre raison pour laquelle tu as commencé l'athlétisme, même si tu n'en as peut-être pas conscience. C'était bien sûr pour t'opposer à ta mère, mais aussi pour faire plaisir à ton père.

— À mon père ???

— Oui. Comme beaucoup d'hommes, ton père rêvait d'avoir un fils pour lui apprendre à jouer au foot, à chasser, à bricoler, bref à faire des trucs de mecs... Dix ans après la naissance d'Evelyn et de Jeannette, quand ta mère est à nouveau tombée enceinte, ton père savait que ce serait son dernier enfant, sa dernière chance d'avoir un garçon. Et tu es née !

— Mauvaise pioche !

— Non, pas mauvaise pioche : il a été très heureux de t'avoir et t'a aimée aussi fort que tes sœurs, sinon plus. Mais il n'a pas pu s'empêcher de faire avec toi ce qu'il aurait fait avec un garçon. Il t'a par exemple appris à tirer à la carabine, chose qu'il n'a jamais faite avec Evelyn ni Jeannette. Et il a été très fier de toi quand tu as commencé l'athlétisme, même si c'était considéré comme une activité masculine. Tu savais qu'il avait pratiqué le sprint pendant sa jeunesse en Irlande ? Il n'a jamais été un champion, mais il adorait la compétition.

— Oui, je le savais.

— Ton père t'a toujours soutenue dans ton envie de courir. Quand tu t'es disputée avec ta mère, après Soldier Field, c'est lui qui l'a convaincue de te laisser participer aux sélections pour Amsterdam.

Je m'étais en effet demandé pourquoi mes parents m'avaient laissé aller à Newark après ce qui s'était passé. Je le devais donc à papa ! Et, en y réfléchissant, c'est aussi lui qui avait convaincu ma mère de m'autoriser à m'entraîner à l'IWAC...

— Un père, poursuit Jim, transmet son nom de famille à ses fils. S'il n'a que des filles, comme elles changent de nom à leur mariage, la lignée s'arrête. Mais grâce à toi et à l'athlétisme, le nom de ton père brillera pour toujours dans le monde entier ! Tu lui as offert le plus beau des cadeaux.

Je me souviens de sa fierté après mon record du monde à Soldier Field... Il me serrait contre lui en criant à la volée que j'étais sa fille ! Et à mon retour d'Amsterdam, il avait expliqué aux journalistes que j'étais une « vraie Robinson ».

— Tu as sans doute raison...

— C'est pour ça que tu dois reprendre l'athlétisme !

— Pour quoi ?

— Pour ton père ! Ce qu'il vit actuellement est très dur. Pendant des années, il a travaillé comme un forçat pour devenir directeur de banque et vous offrir tout le confort dont vous rêviez. Tu aurais dû voir sa joie lorsqu'il t'a acheté ta voiture ! Lui, le petit immigré irlandais, avait réussi sa vie. Tu imagines ce qu'il ressent aujourd'hui ? Simple gardien d'usine, il ne peut même plus subvenir seul aux besoins de sa famille... Il le vit comme une déchéance et une honte. Tu veux lui redonner un peu de sa fierté ? Alors reprends l'athlétisme ! Il n'attend que ça...

— Non, je lui ai dit que je ne courrai plus et il s'est fait une raison.

— Faux ! Il ne l'avouera jamais, mais il garde espoir de te revoir sur une piste. Pourquoi a-t-il refusé que tu bosses chez le fabricant de médailles ? Parce que si tu l'avais fait, tu serais devenue une athlète professionnelle et tu n'aurais plus pu courir dans les compétitions amateures.

Jim, tu n'as pas le droit de me faire ça ! Je me sens déjà si nulle, engluée dans mes sables mouvants... Et voilà que tu me charges d'un nouveau fardeau : en plus d'être bonne à rien, je déçois mon père. Je vais m'enfoncer encore plus vite, maintenant...

— Je ne reprendrai pas l'athlétisme, j'en ai plus la force. C'est trop de travail, de souffrances, de sacrifices... Tout ça pour des courses perdues d'avance : avec ma jambe, je ne gagnerai plus rien... La situation de papa me rend malheureuse, mais je ne peux pas l'aider. Son monde s'est effondré avec la crise, le mien avec l'accident. C'est fini pour nous deux.

— Tu viens de dire que tu n'avais « plus la force » ? C'est bien ça ? Que ton père n'ait plus l'énergie de rebâtir ce qui a été détruit, je le comprends : il a cinquante-cinq ans et il est usé. Mais toi ? À vingt-deux ans, tu baisses les bras ! Ça y est, ta vie est derrière toi ! Tu renonces à te battre et à rendre ton père fier de toi, de sa famille et de son nom ???

Oh, Jim, pourquoi me fais-tu ça ? Arrête de me secouer ainsi, mon corps est plein de larmes !

— Je ne courrai plus... Je veux rentrer à la maison.

Chapitre 6

Papa a la tête dans son assiette. Depuis le début du repas, il n'a pas levé les yeux une seule fois de sa purée de carotte. Il n'a pas dit un mot. Je l'observe tout en mangeant. Ces derniers temps, ses rides se sont creusées et ses cheveux ont blanchi. Ses épaules courbées semblent porter toute la misère du monde.

— Je vais reprendre l'athlétisme.

Aucune réaction de mon père. Ai-je vraiment prononcé cette phrase ou bien l'ai-je juste pensée très fort ? Je jette un œil à ma mère, qui me sourit. Oui, je l'ai bien dite. Je ne sais pas ce qui m'a pris. C'est sorti tout seul.

Papa relève enfin la tête :

— Qu'est-ce que tu as dit ?

— J'ai dit que je reprenais l'athlétisme.

Mon père ne montre rien, mais je vois bien, à la lueur dans ses yeux, que ça remue sec sous son crâne.

— C'est très bien, finit-il pas lâcher. Si tu as besoin de nouvelles chaussures, nous t'aiderons, n'est-ce pas, chérie ?

— Bien sûr, confirme ma mère.

Ces quelques mots me touchent énormément. Depuis un an, nous mangeons de la soupe à l'eau et nous n'avons plus acheté d'habits neufs, mais mon père – qui gagne trois fois rien – et ma mère – qui déteste le sport – sont prêts à se saigner pour m'offrir des chaussures neuves.

Je ne le dirai pas à haute voix car, à partir d'un certain âge, il y a des choses qu'on ne dit plus, mais je vais le penser suffisamment fort pour qu'ils l'entendent : « Moi aussi, je vous aime ! »

Je n'ai désormais plus le droit de faire demi-tour, et c'est peut-être ce dont j'avais besoin.

Le lendemain, je vais voir Jim. Il est ravi de ma décision et obtient sans problème l'autorisation d'utiliser les structures du stade de Riverdale.

Nous nous y retrouvons tous les soirs après le travail. Jim, qui n'a pas de formation d'entraîneur mais adore le sport et s'est beaucoup renseigné, a prévu un entraînement progressif. Les premières séances sont terribles : mon corps est tout rouillé et le moindre exercice se paie le lendemain par de douloureuses courbatures. L'avantage, c'est que le soir je m'endors à nouveau comme un loir...

Certains gestes reviennent comme par magie. Mon corps les a tellement exécutés dans le passé qu'il s'en souvient et est capable de les refaire naturellement. J'ai l'impression qu'ils sont inscrits dans mes muscles. Pour d'autres, c'est plus compliqué.

— Merde, merde et merde !

— Qu'est-ce qu'il y a ?

— Comment veux-tu que je prenne un bon départ ? J'arrive pas à plier cette foutue jambe !

Jim me demande de m'asseoir sur un banc.

— Tu ne peux pas parler comme ça de ta jambe, m'explique-t-il avec beaucoup de douceur. On a l'impression qu'elle est ton ennemie !

— Mais elle l'est !

— Non, elle ne l'est pas. Ce n'est plus la jambe qui t'a permis d'être championne olympique. Elle est plus courte, plus raide et bardée de clous en argent. C'est comme ça, tu ne peux rien y changer. En revanche, tu as le choix : soit tu continues à te battre contre elle et à gaspiller ton énergie, soit tu acceptes d'en faire ton alliée pour combattre ton seul vrai ennemi, le chrono !

— Facile à dire...

— Oui, je suis d'accord, plus facile à dire qu'à faire. Mais faisable quand même ! Tiens, je vais te raconter l'histoire de Jack, un copain de lycée qui était excellent nageur. Nous avons fait la guerre ensemble en Europe. Mais lui n'a pas eu de chance : son bras s'est retrouvé sur la trajectoire d'un éclat d'obus et il est revenu manchot. Pendant des années, Jack a caché son moignon ; il en avait honte. Et puis, un jour, l'appel de l'eau a été le plus fort. Il a repris la natation et a développé une technique de nage à lui. Eh bien, tu me croiras si tu veux, mais aujourd'hui il va plus vite avec son moignon que moi avec mes deux bras. Je ne sais pas comment il fait, mais il le fait !

Jim pose son regard sur ma jambe gauche.

— Comment pourrais-tu utiliser au mieux ta jambe ? Ne peux-tu pas imaginer une autre position de départ, bien à toi, peut-être moins performante que la position accroupie traditionnelle, mais meilleure que le départ debout ?

Je hausse les épaules.

— Sinon, tu peux privilégier les courses longues comme le 220 yards. Le départ est moins déterminant que sur les courses courtes.

— Oui, pourquoi pas.

— Enfin, il y a les compétitions avec départ debout...

— Ça existe, ça ?

— Oui, et c'est même une discipline olympique : ça s'appelle le relais 4 x 100 mètres !

Je reste sans voix. Jim a raison ! Lors d'un relais, seule la première relayeuse part accroupie : les trois autres sont debout. Si je suis l'une des trois, mon problème de genou n'en est plus un. En plus, c'est une discipline que j'adore et qui m'a plutôt bien réussi : j'ai tout de même été médaillée d'argent à Amsterdam !

En parallèle à l'entraînement, je reprends contact avec Annette Rogers, la fille de Chicago que j'ai connue à l'IWAC et qui est devenue championne olympique du relais à Los Angeles. Depuis la fermeture de la section sportive de l'IWAC, elle s'entraîne dans un autre club, la Lincoln Park Athletic Association. Je lui propose de monter un relais avec deux autres filles de son club, ce qu'elle accepte volontiers.

Durant la seconde moitié de l'année 1934, je participe à mes premières compétitions depuis trois ans. Des petites compétitions locales sans grand intérêt, si ce n'est que nous finissons bien classées et que mon père retrouve un début de sourire dans les tribunes, et une compétition nationale, où nous terminons bonnes dernières...

Qu'importe ! Ces courses font renaître en moi quelque chose que je croyais disparu pour toujours : l'envie. J'adore définitivement la compétition et j'ai envie de participer à beaucoup d'autres. J'ai envie de travailler et de m'améliorer. J'ai envie de me donner à fond sur chaque course, même si je sais que je ne retrouverai jamais mon niveau d'avant. Ce n'est d'ailleurs plus mon ambition. Avant l'accident, je voulais dépasser les autres filles ; aujourd'hui, je veux juste me dépasser moi.

— Betty, j'ai réfléchi à ton avenir sur les pistes, m'annonce un jour Jim, et j'ai une proposition à te faire. C'est un objectif un peu fou, mais qui sait ?, si les planètes sont correctement alignées, ça peut le faire... Tu veux savoir ?

J'éclate de rire :

— Bah oui, présenté comme ça, je peux difficilement refuser... Fais-moi rêver !

— Les Jeux olympiques de Berlin !

Outch ! Quelle mouche a donc piqué Jim ?!! Je connais le niveau des sélections olympiques, et je ne l'ai évidemment pas...

— Sérieux, Jim, c'est quoi ta proposition ?

— Je viens de te le dire : Berlin, dans un an et demi ! Je ne te parle pas d'y gagner une médaille, juste de participer.

— J'avais compris, mais je n'ai pas le niveau, tu le sais bien.

— Tu n'as pas celui du 100 mètres à cause du départ, mais le 4 x 100 mètres me semble jouable. Lors des sélections américaines, les trois meilleures sont qualifiées pour l'épreuve individuelle et les trois suivantes pour le relais. Même si quatre sprinteuses seulement participent au relais, les six font partie de l'équipe olympique américaine. Ce que je te propose, c'est d'adapter ton entraînement pour que, dans un an et demi, tu sois au top de ta forme lors des sélections américaines. Et si tu parviens à te hisser parmi les six, à toi Berlin ! Qu'en penses-tu ?

Eh bien... à vrai dire... j'en sais fichtrement rien !!! C'est tellement inattendu. Il y a six mois, j'avais renoncé pour toujours à l'athlétisme, alors l'idée de participer aux prochains Jeux olympiques ne m'a jamais traversé l'esprit. Mais ça me plaît. Si je m'entraîne à fond, j'ai une petite chance – petite, mais pas nulle – de me qualifier. Ce serait magnifique d'aller à Berlin avec l'équipe olympique américaine, huit ans après Amsterdam ! J'en garde un si bon souvenir...

Je saute dans les bras de Jim et l'embrasse.

— Je suppose que ça veut dire oui, sourit-il.

— Oui ! Et c'est aussi te remercier.

— Pour quoi ?

— Pour m'avoir forcée à boire une limonade au Franky's. Sur le coup, je l'avais trouvée amère, mais c'est exactement ce dont j'avais besoin à ce moment-là. Merci Jim !

Les mois suivants, je reprends du muscle et de la confiance. Jim m'a préparé un programme d'entraînement alternant séances de musculation en salle l'hiver, courses sur piste le reste de la saison, compétitions locales et recherche de la position de départ accroupie la mieux adaptée à mon handicap, avec la jambe gauche plus en arrière qu'il le faudrait. Je participe à des relais avec les filles de la Lincoln Park Athletic Association, mais aussi à des épreuves individuelles sur 100 et 220 yards : lors des sélections américaines, il faudra que je sois capable d'être dans les six, malgré un mauvais départ...

Je crois à mes chances de qualification, même si de nouveaux nuages noirs apparaissent à l'horizon. L'un d'eux s'appelle Helen Stephens. C'est une fille de fermier du Missouri, qui vient de faire irruption dans le petit monde du sprint. À dix-sept ans, elle a gagné toutes les courses auxquelles elle a participé, battant plusieurs records du monde. Une tornade aussi puissante qu'inarrêtable ! C'est très bien pour les États-Unis, car elle constitue une vraie chance de titre olympique, mais très mauvais pour moi, car ça fait une place en moins dans le relais. Très égoïstement, j'espère qu'aucune autre fille n'éclora dans les mois à venir...

Un second nuage noir, plus menaçant encore, risque de compromettre mon retour : les États-Unis participeront-ils aux Jeux ? Le Comité international olympique les a attribués à Berlin au printemps 1931, alors que l'Allemagne était dirigée par le président Hindenburg. Depuis, Adolf Hitler a pris le pouvoir et mis en place le régime nazi. Des lois antisémites excluent désormais les Juifs allemands de la société en les privant de leurs droits civiques, en limitant leur nombre dans les écoles et les universités, en leur interdisant de devenir fonctionnaires, ou en demandant à la population de ne plus aller dans les magasins tenus par des Juifs. Ces lois sont bien sûr inacceptables et de nombreuses voix aux États-Unis appellent à un boycott pur et simple des Jeux olympiques. Hitler voudra certainement en faire une vitrine de son régime et nous ne devons pas être complices. D'autres voix prônent au contraire de ne pas mélanger sport et politique. Elles conseillent de se rendre à Berlin et de battre les Allemands sur la piste d'athlétisme. D'autres enfin admettraient une participation américaine, mais à condition que Hitler fasse un geste en faveur des Juifs en acceptant, par exemple, au moins un athlète juif dans la sélection allemande...

La délégation américaine ira-t-elle à Berlin ? Et si oui, et si je parviens à me qualifier, devrais-je y aller ? Cela fait des mois que je m'y prépare et j'ai très envie d'y participer. Ce serait une belle récompense, pour moi bien sûr, mais aussi pour Jim, papa, maman et tous ceux qui ont cru en moi, même lorsque j'étais au fond du trou. Et en même temps, si j'y vais, cela signifie-t-il que je cautionne les lois antisémites de Hitler ?

Le plus simple serait que je ne me qualifie pas...

Chapitre 7

Le jour J arrive enfin.

Je suis dans le train en direction de la ville de Providence, où ont lieu les sélections américaines pour les Jeux. Dans mon compartiment, les meilleures athlètes de la région de Chicago : Annette Rogers, bien sûr, mais aussi Mary Terwilliger et Ethel Harrington, les deux autres filles du relais, ou encore Tidye Pickett, une coureuse de haies de vingt-deux ans qui, si elle se qualifie pour Berlin, deviendra la première Noire à participer à une épreuve olympique féminine d'athlétisme.

Sans surprise, la question de la participation des États-Unis aux Jeux de Berlin revient sur le tapis. Devons-nous aller dans un pays qui a promulgué des lois antisémites ? Le Comité olympique américain a tranché favorablement, mais nous, athlètes, que devons-nous faire ?

— Parce que vous trouvez que c'est mieux ici ? lâche Tidye, jusque-là silencieuse.

Les regards se tournent vers elle.

— Aux États-Unis, poursuit-elle, ce ne sont pas les Juifs qui sont considérés comme des sous-hommes : c'est nous, les Noirs. Dans les États du Sud, nous n'avons pas le droit d'aller dans les mêmes écoles que les Blancs, de nous asseoir à l'avant des bus, d'aller dans les restaurants et les hôpitaux réservés aux Blancs, d'utiliser leurs toilettes publiques... Vous trouvez ça juste, vous ? Bien sûr, à Chicago et dans les États du Nord, la ségrégation est moins visible, mais elle existe tout de même !

Tidye a raison... Critiquer l'Allemagne sans regarder ce qui se passe chez nous est une belle hypocrisie ! Depuis l'abolition de l'esclavage, les Noirs sont officiellement les égaux des Blancs, mais les lois Jim Crow leur imposent de ne pas vivre *avec* les Blancs, mais *à côté* : « égaux mais séparés ». Nous avons, nous aussi, du pain sur la planche avant de devenir une vraie démocratie...

— Si tu te qualifies, ça ne te gêne pas de courir devant Hitler ?

— Bien sûr que non, répond Tidye sans hésiter. Hitler pense que l'homme blanc est supérieur à l'homme noir, c'est ça ? Eh bien moi je vais gagner le 80 mètres haies sous ses yeux, et lui prouver qu'il a tort ! Et si j'y parviens, peut-être qu'ensuite on regardera les Noirs différemment, ici aussi...

En une seule phrase, Tidye Pickett vient de balayer des mois d'hésitations. Moi aussi, si je me qualifie pour les Jeux, je ferai tout pour prouver qu'une fille d'immigré, rendue partiellement invalide par un accident d'avion, peut aller plus vite que les meilleures blondes aryennes !

Le soir, en pénétrant dans le restaurant de l'hôtel où sont hébergées les athlètes, je m'arrête net : devant moi, une femme aux cheveux ondulés noirs. Je la connais, j'en suis sûre, mais d'où ? Je me creuse la tête pour essayer de retrouver son nom avant qu'elle ne m'aborde et que je sois obligée de lui répondre : « Eh ! Contente de te revoir. Que deviens-tu depuis... tout ce temps ?! » C'est toujours un peu la honte.

Soudain, une illumination : les sardines, le SS *President Roosevelt*, les séances dans les transats à mater les nageurs, les repas à faire des paris idiots, les soirées à danser...

— Bonjour Dee, comment vas-tu ?

Dee Boeckmann me regarde, un peu surprise.

— On se connaît ?...

— Euh... oui, je suis Betty. Nous avons partagé la même cabine il y a huit ans, sur le bateau qui allait à Amsterdam. J'avais les cheveux plus courts.

J'ai envie d'ajouter : « Et la jambe gauche plus longue... »

— Mais bien sûr ! s'exclame-t-elle.

— Alors, Dee, tu participes à quelle épreuve ?

— Aucune... Je suis la coach de la sélection féminine.

La coach ?!!! Ah, mince... Mine de rien, ça me met un petit coup au moral : après Amsterdam, mon plan de carrière était de conserver mon titre à Los Angeles, puis de devenir entraîneuse de l'équipe féminine des Jeux de 1936. C'est d'ailleurs ce que j'avais écrit dans l'annuaire des élèves du lycée, dans la case « Ambition professionnelle ». Mais l'accident puis la crise économique en ont décidé autrement et c'est Dee qui est devenue la première femme à entraîner une équipe olympique d'athlétisme. Je suis un peu jalouse, je crois.

— Super ! dis-je en essayant de conserver mon sourire. C'est donc toi qui choisiras les filles qui courront le relais à Berlin. Pense à moi au moment de faire ton choix !

— Je prendrai les meilleures, répond-elle sèchement.

Hou là ! Elle me fait bien sentir que nos rapports ont changé. Nous ne sommes plus deux athlètes à égalité, mais une coach et une athlète. Je tente de rattraper le coup :

— Je rigolais bien sûr... Allez, à demain !

Et je m'en vais rejoindre Annette et Tidye à leur table.

Le lendemain matin, samedi 4 juillet 1936, en me rendant au stade de la Brown University, je me sens très nerveuse. Il y a un mois, j'ai décidé que les Jeux de Berlin seraient ma dernière compétition officielle – si bien sûr je me qualifie. Ensuite, je raccrocherai mes pointes et passerai à autre chose. À quoi ? Je ne le sais pas encore, mais à autre chose. Quand j'ai annoncé ma décision à Jim et à mes parents, ils l'ont trouvée sage. Du coup, chaque course que je courrai aujourd'hui sera potentiellement la dernière. Si je ne me qualifie pas pour la suivante, elle marquera la fin de ma carrière sportive. Aucun droit à l'erreur.

Dans le vestiaire, alors que j'enfile mon short, mon regard se pose sur ma jambe gauche. Cinq ans après, la longue cicatrice est toujours bien visible. Je pose ma main sur ma cuisse et la caresse doucement :

— J'espère que tu es en forme… Tu ne peux pas te plier complètement, mais tu vas y arriver ! Nous allons y arriver ! Nous allons leur montrer qu'un départ moyen n'est pas éliminatoire. Aujourd'hui, tu vas devoir donner tout ce que tu as dans le ventre… enfin, dans la cuisse… Et si tu y parviens, à nous Berlin ! Nous montrerons à Hitler ce dont une fille d'immigré est capable ! Et nous rendrons papa si fier de nous qu'il trouvera l'énergie de remonter la pente, lui aussi ! À toi de jouer, ma grande !

Je masse vigoureusement ma cuisse, me lève et sors des vestiaires. Une chaleur étouffante me saute au visage. Comme lors des éliminatoires pour Amsterdam, il y a huit ans jour pour jour, une canicule accable une grande partie du pays. Et, comme à Newark, les tribunes du stade sont presque vides : la chaleur, la Fête nationale et la crise qui n'en finit pas ont incité les spectateurs à rester chez eux...

Sur la pelouse centrale, des filles que je ne connais pas s'échauffent. Je n'ai encore jamais croisé Helen Stephens, la nouvelle star de l'athlétisme. Et les « anciennes » sont absentes : Stella Walsh, qui court pour la Pologne, ne participe pas aux sélections américaines, et la majorité des filles de ma génération ont arrêté. À vingt-quatre ans, je suis la plus vieille ! « Non, pas la plus vieille, me reprendrait gentiment Jim s'il était là (faute d'argent, ni Jim ni aucun membre de ma famille n'est venu me soutenir). Pas la plus vieille : la plus expérimentée ! Tu es peut-être un peu moins rapide, mais tu sais mieux gérer les grands événements. C'est important ! »

Avant de commencer mon échauffement, je jette un œil au tableau des épreuves qualificatives pour

Berlin : il y a le 80 mètres haies, le javelot, le lancer de disque, le saut en hauteur... Ah, le 100 mètres ! Nous sommes quarante-huit participantes réparties dans huit séries. Les trois meilleures de chaque série seront qualifiées pour les demi-finales. Je cherche mon nom, un peu inquiète, et... ouf !, mille fois ouf !, je ne suis pas dans la même série qu'Helen Stephens. Le meilleur chrono de ma série est Josephine Warren : c'est elle que je devrai surveiller.

Le grand moment est arrivé. Je me prépare depuis un an et demi pour cette course. Dans moins de trois minutes, je saurai si j'ai réussi mon pari fou de revenir au plus haut niveau. J'observe les autres filles creuser les trous dans la piste pour y caler leurs pieds. Moi, je partirai avec ma position accroupie particulière, la jambe gauche un peu plus en arrière. Comme elle est moins efficace que la position traditionnelle, je sais que, dès le départ, Josephine Warren me mettra deux mètres dans la vue. Mon plan de course est d'essayer de rester à son contact. Si j'arrive à recoller, j'aurai une bonne chance de finir dans les trois premières...

Au coup de feu du starter, les filles bondissent. Je suis bonne dernière, comme prévu... mais je parviens à ne pas me désunir... la force de l'expérience... allez ! je dois tout donner maintenant... et revenir... déjà deux filles de rattrapées... et une troisième... plus que quarante mètres... ça y est, je suis deuxième derrière Josephine... impossible de la rattraper... et ce serait inutile... deuxième ou troisième suffit... je dois conserver cette place... sans trop dépenser d'énergie... gérer la fin de course.

En franchissant la ligne, je lève les bras au ciel comme si c'était une finale olympique. J'ai réussi mon pari ! Enfin, la première partie de mon pari : je suis en demi-finale ! Ma carrière sportive va se poursuivre pendant encore au moins une course...

Une heure plus tard, lorsque je retourne sur la ligne de départ, j'ai bien récupéré de mon effort malgré la chaleur. Cette fois-ci, la barre est plus haute : nous sommes six par demi-finale et seules les deux premières seront qualifiées pour la finale. Heureusement, l'inarrêtable Helen Stephens, qui a battu en série le record du monde en 11 secondes et 7 dixièmes, se trouve dans la quatrième et dernière demi-finale. Une concurrente en moins.

Pendant que nous nous préparons, j'observe au quatrième couloir Harriet Bland, une menue blonde de 1,60 mètre. C'est elle qui a fait le meilleur temps des séries, après Helen Stephens bien sûr : je vais la prendre pour cible.

Et c'est parti !... Même scénario que lors des séries... bonne dernière... Mais je reprends une concurrente... puis une deuxième... Harriet a beaucoup d'avance... trop... derrière, nous sommes trois à nous battre pour la deuxième place... encore trente mètres... rien n'est joué... allez Betty !... Tu peux le faire... Allez Betty !... Tu vas le faire... Allez Betty !

Je l'ai fait ! La ligne franchie, j'attends la confirmation... Un stadier affiche les résultats : deuxième derrière Harriet ! Je suis en finale ! Et, en finale, tout devient possible : une chute, des faux départs... Sur les huit qualifiées, trois participeront au 100 mètres à Berlin et les trois suivantes au relais. Se pourrait-il que je finisse dans les trois premières ? Ce serait tellement incroyable, mais je commence à y croire...

L'heure de la finale a sonné. J'ai hérité du couloir n° 1, ce qui n'est pas génial car les filles les plus rapides – Helen Stephens, Annette Rogers et Harriet Bland, qui ont chacune gagné leur demi-finale – sont aux couloirs 4 à 6. Je suis trop loin pour pouvoir caler ma course sur elles. Je vais courir en aveugle, mais ce n'est pas très grave : en finale, il ne faut plus chercher à calculer...

Nous nous mettons en place.

— À vos marques...

Nous prenons notre position de départ.

— Prêtes ?

Nous nous redressons.

Pan !

Le premier départ est le bon. Helen Stephens est partie comme une flèche... Derrière, toutes les filles ont à peu près le même niveau... Sauf moi, dernière... Je donne tout ce que j'ai... Les muscles me brûlent... J'ai l'impression de bien courir... mais du couloir 1, impossible de savoir si je suis septième ou quatrième... Allez Betty, un dernier effort !... pour n'avoir aucun regret... plus que quelques mètres... se jeter sur le fil...

Râââââh !... la ligne d'arrivée... Je suis terriblement essoufflée... exténuée... vidée... Mes muscles et mes poumons sont en feu... Faut que je m'asseye par terre. J'ai le regard fixé sur le tableau d'affichage. Après quelques minutes interminables, un stadier s'en approche et inscrit l'un après l'autre les résultats.

Première : Helen Stephens, 11,7 s : elle vient d'égaler son propre record du monde. La meilleure, sans contestation.

Deuxième : Annette Rogers, 12,1 s. Heureuse pour elle. Elle le mérite. C'est une fille bien.

Troisième : Harriet Bland, 12,3 s. Bon, je ne suis pas dans les trois meilleures. De toute façon, cela aurait été un miracle.

Quatrième : Olive Hasenfus, 12,4 s. Plus que deux places qualificatives pour le relais. Ça commence à sentir le roussi pour moi...

Cinquième : Elizabeth Robinson, 12,5 s.

Hiiiii ! Je relis pour être sûre de ne pas m'être trompée : oui, cinquième ! Je me relève et saute de joie. Je suis à Berlin ! Aux Jeux olympiques de Berlin !!! Je suis si fière de moi : cinq ans après mon accident, j'ai réussi à remonter la pente ! Et j'ai fait, au dixième près, le même temps qu'à Newark ! Papa, maman, Jim, j'ai gagné mon pari ! Grâce à vous ! Pour vous ! J'aurais tellement aimé que vous soyez là pour me voir... Surtout toi, papa !

Annette Rogers vient m'embrasser.

— Félicitations, ma vieille !

— Merci Annette ! Et félicitations à toi aussi. On va toutes les deux à Berlin, tu te rends compte ! Chicago en force !

— Oui, ça va être géant...

Le soir, de retour à l'hôtel, alors que je savoure ma « victoire », un assistant de Dee Boeckmann nous annonce le nom des dix-sept filles sélectionnées pour Berlin. Comme prévu, j'en fais partie. C'est un peu idiot, mais j'aurais aimé que Dee me l'annonce elle-même. Nous étions si proches à Amsterdam. Je l'avais soutenue lorsqu'elle avait été éliminée du 800 mètres. Je ne comprends pas sa distance soudaine. Tout l'après-midi, au stade, elle a observé les courses et les concours, prenant des notes dans un grand carnet. Ça ne lui aurait pas coûté grand-chose de venir me dire qu'elle était contente pour moi...

— La coach Dee Boeckmann a été appelée en urgence à New York, explique l'assistant. Elle a une importante réunion demain matin au Comité olympique américain.

Soit.

Allez, ça ne doit tout de même pas gâcher ma joie ! Je prends une feuille de papier et écris un télégramme à mes parents :

« Qualifiée pour Berlin. STOP. Départ de New York le 15 juillet à bord du SS Manhattan. STOP. Ne venez pas. STOP. Assez grande pour partir seule maintenant ! STOP. Signé : votre fille qui vous aime. »

J'aurais bien sûr adoré que mes parents viennent à New York me dire au revoir, au moment de prendre le bateau. Mais avec nos problèmes d'argent, ce ne serait pas sérieux. Et puis, comme je suis majeure, le Comité olympique n'a pas besoin de leur accord pour faire mon passeport.

Le lendemain, je prends le train pour New York en compagnie des seize autres filles sélectionnées. Nous nous installons à l'hôtel Lincoln, où nous allons passer les dix jours jusqu'au départ. Le soir, Dee réapparaît et nous convoque dans la salle de réunion de l'hôtel. Son visage est encore plus fermé que les jours précédents.

— Mesdemoiselles, j'aimerais d'abord vous féliciter pour vos performances sportives d'hier. Sachez que vous méritez toutes votre place dans l'équipe olympique qui défendra nos couleurs à Berlin...

Elle se tait et semble chercher ses mots.

— Je vous ai réunies ce soir, car j'ai une mauvaise nouvelle à vous annoncer. En raison de la crise économique, des appels au boycott et des stades à moitié vides lors des sélections, les caisses du Comité olympique sont dans le rouge. Il manque cent cinquante mille dollars pour équilibrer les comptes...

Dee cherche à nouveau ses mots. Je m'attends au pire.

— J'ai le regret de devoir vous annoncer que le Comité ne pourra pas prendre en charge les frais de transport et d'hébergement de toutes les athlètes sélectionnées...

Qu'est-ce que ça veut dire ? Certaines d'entre nous ne partirons pas, c'est ça ? Je sens que Dee va annoncer que je ne suis pas du voyage... Le sol se dérobe sous mes pieds, exactement comme lorsque papa m'a dit que je devais arrêter mes études. Tout ce que j'ai patiemment construit depuis un an et demi à la sueur de mon front va être détruit. L'histoire se reproduit, encore et encore.

— Le Comité m'a demandé de faire un choix, poursuit Dee. Cela a été très dur... Seules quatre d'entre vous se verront payer leur voyage à Berlin. Il s'agit d'Helen Stephens, qualifiée sur le 100 mètres et le lancer de disque, Annette Rogers, sur le 100 mètres et le saut en hauteur, Anne Vrana O'Brien, sur le 80 mètres haies, et Tidye Pickett, également sur le 80 mètres haies.

Je n'y suis pas ! Je vis un cauchemar éveillé. J'étais à Berlin, je n'y suis plus !

— Bien sûr, celles que je n'ai pas citées restent qualifiées, mais elles devront payer elles-mêmes leur voyage. Le Comité a fixé ce coût à cinq cents dollars par personne. Vous avez jusqu'au départ du bateau, dans dix jours, pour rassembler la somme.

Cinq cents dollars ?!!! Mais c'est six mois de mon salaire ! Avec papa, nous gagnons à peine assez pour vivre ! Impossible de trouver une telle somme en dix jours...

— Pour vous aider, le Comité a fait fabriquer des badges olympiques, que vous pourrez vendre dans les rues de New York. Nous vous invitons également à chercher des subventions du côté des journaux de votre ville, du gouverneur de votre État, de votre maire... Enfin, vous avez peut-être un parent fortuné qui pourrait vous aider... N'hésitez pas à frapper à toutes les portes !

Ma déception est la hauteur de ce qu'a été ma joie : immense. Ce matin, un journaliste du *New York Times* s'émerveillait de mon incroyable comeback, écrivant que j'étais la belle surprise des sélections américaines. Ce soir, le Comité olympique m'envoie dans la rue mendier de l'argent, pour que je puisse payer moi-même le cadeau qu'il avait promis de m'offrir... Je suis écœurée.

Téléphoner coûte cher, beaucoup plus qu'envoyer un télégramme, mais là je n'ai pas le choix. Juste avant de perdre son travail à la banque, papa avait fait raccorder notre maison au réseau téléphonique. Le combiné est installé sur le palier du premier étage, mais tout le monde peut l'utiliser, mes parents comme mes sœurs. Je me rends dans une cabine de l'hôtel et demande à l'opératrice le 42467 à Riverdale, Illinois.

J'entends la sonnerie à l'autre bout du fil.

J'espère que Jim répondra, c'est à lui que je veux parler.

— Allô ?

Mince, c'est papa...

— Bonjour papa, c'est Betty !

— Betty ! Comme je suis heureux que tu appelles ! Nous avons bien reçu ton télégramme et j'ai parlé de tes exploits à l'usine. Tout le monde est si fier de toi, ici... Tu veux que je vienne à New York pour te dire au revoir ?

— Non, surtout pas...

Pauvre papa, si tu savais !

— Est-ce que Jim est là, s'il te plaît ? Il faut que je lui parle de... de mon entraînement pour Berlin.

— Je vais voir...

J'entends des pas dans l'escalier, une sonnette, des paroles, puis à nouveau des pas.

— Je te passe Jim. À bientôt Betty, et encore toutes mes félicitations !

— Merci papa.

— Allô, Betty, c'est Jim.

— Bonjour Jim. Est-ce que tu peux parler sans que papa entende ?

— Oui, c'est bon, il a refermé la porte. Que se passe-t-il ? Tu n'as pas l'air dans ton assiette...

Je raconte à Jim l'intervention de Dee, les cinq cents dollars à trouver en dix jours, les badges à vendre, la recherche de sponsors...

— Je veux aller à Berlin, mais je n'arriverai jamais à rassembler une telle somme en si peu de temps. C'est beaucoup trop !

— Tu en as parlé à ton père ? Il lui reste peut-être des économies sous un matelas...

— Non, je ne crois pas... Et je ne veux pas lui causer des soucis supplémentaires. Il a déjà tant fait pour moi... Mais toi, est-ce que tu pourrais aller voir du côté du *Chicago Evening* et de la mairie ? Je le ferais moi-même si j'étais à Riverdale, mais...

— T'inquiète ! J'irai demain matin... Tu es trop près du but pour renoncer ! Rappelle-moi jeudi à la même heure, ça me laissera le temps d'avoir une réponse. Je serai à côté du téléphone et c'est moi qui répondrai !

— Merci Jim.

— Tu iras à Berlin, Betty, tu le mérites !

Le lendemain, j'arpente les rues de New York en compagnie de la lanceuse de disque Gertrude Wilhelmsen, de la lanceuse de javelot Martha Worst et de la sauteuse en hauteur Kathlyn Kelly. Avec nos uniformes officiels olympiques (merci, ô généreux Comité, d'avoir bien voulu nous les prêter !), nous ne passons pas inaperçues.

— Soutenez les athlètes américaines ! Aidez-nous à défendre nos couleurs aux Jeux olympiques de Berlin ! Un demi-dollar le badge officiel !

Heureusement qu'avec Gertrude, Martha et Kathlyn nous nous entendons bien et nous nous soutenons mutuellement, car ce n'est pas facile d'aborder les passants pour leur vendre une babiole. En plus, les New-Yorkais sont plutôt favorables au boycott et la crise économique a durement frappé la ville.

À la fin de la journée, j'ai récolté une dizaine de dollars. À ce rythme, il me faudra un mois et demi pour rassembler la somme totale. Autant dire qu'en dix jours, et même neuf maintenant, c'est mission impossible...

Le lendemain, nous changeons de quartier, mais la recette de la journée reste la même : une dizaine de dollars chacune. C'est déprimant. Notre seule lueur d'espoir vient d'Harriet Bland. Le journal de sa ville, le *St. Louis Globe Democrat*, a accepté de prendre en charge ses frais. Elle ira donc à Berlin. J'espère que Jim aura de bonnes nouvelles à m'annoncer jeudi soir...

Le surlendemain matin, au petit déjeuner, Kathlyn est tout sourire : le sénat de Caroline du Sud a décidé de lui offrir une bourse de cinq cents dollars. Elle aussi partira. Même si elle n'a plus besoin d'argent, elle continue à vendre des badges pour nous aider. Sympa.

Moi, j'attends avec impatience ce soir, de téléphoner à Jim.

— Allô, Jim ?

— Bonjour Betty.

— Alors ?

— Alors j'ai contacté plusieurs journaux, les mairies de Riverdale, de Harvey et de Chicago, le cabinet du gouverneur... mais c'est pas facile, tu sais...

OK, c'est bon, j'ai compris.

— Le problème, c'est que tu es qualifiée pour Berlin, mais même si tu y vas, tu n'es pas sûre de courir. Ta coach a besoin de quatre sprinteuses pour le relais, mais elle peut très bien prendre deux spécialistes du 100 mètres, comme Helen Stephens et Annette Rogers, et deux spécialistes du 80 mètres haies, comme Anne Vrana O'Brien et Tidye Pickett...

— Je sais, mais l'expérience est importante dans le relais, et j'en ai à revendre.

— Oui, mais ce n'est pas une garantie. Les responsables que j'ai contactés m'ont tous répondu : « Nous voulons bien aider Betty à participer aux Jeux olympiques, mais pas à y assister comme spectatrice. Et nous n'avons aucune certitude qu'elle courra... »

Je suis dégoûtée, révoltée. C'est tellement, tellement, tellement injuste ! Je n'aurais jamais dû reprendre l'athlétisme. Quelle bêtise d'y avoir cru !

— J'ai tout de même réussi à recueillir cinquante dollars, poursuit Jim. Des amis et des collègues de travail te soutiennent...

— C'est gentil, mais il m'en manque encore quatre cents... Tu crois que je pourrais revendre ma voiture ?

— Non. Après Berlin, il faudra que tu retournes au travail, et tu en auras besoin... Je t'en prie, Betty, continue à y croire ! Vends tes badges et moi je poursuis mes recherches de fonds ici. Appelle-moi dans deux jours, on verra où on en est ! Courage, Betty !

Le lendemain matin, je retourne dans la rue, mais le cœur n'y est plus. Cinq autres filles ont rassemblé l'argent pour partir à Berlin. En tout, onze ont désormais leur précieux sésame. Moi, je sens que je vais rester sur le carreau. Je n'ai même plus la force de sourire lorsque j'aborde les passants. Qui voudrait acheter un objet inutile et cher à une fille qui fait la tête ?

— Quelqu'un a l'heure ? demande Gertrude à la mi-journée. Je commence à avoir faim...

Je remonte machinalement la manche de ma veste :

— Midi et...

Je ne finis pas ma phrase, foudroyée par un éclair. Bien sûr de bien sûr de bien sûr ! Comment n'y ai-je pas pensé plus tôt ? Je sais comment aller à Berlin !

Le soir même, je téléphone, très excitée, à Jim.

— Salut Betty, tu ne devais pas m'appeler demain ? Je n'ai pas d'autres nouvelles depuis hier...

— C'est moi qui en ai : je sais où trouver l'argent !

— Ah oui, où ça ? Chez le gouverneur ? À la banque ?

J'éclate de rire :

— Non, dans ma chambre ! Au fond du placard, sous une couverture, il y a une caisse remplie de vieilles affaires. Tu trouveras dedans plusieurs bijoux que j'ai reçus après Amsterdam : une bague avec un diamant, des bracelets... et il y a aussi la montre que j'ai au poignet. Papa voulait que je les garde, mais si je lui explique tout, je suis sûr qu'il acceptera que j'en vende certains !

— Ils ont de la valeur ?

— Assez pour payer le voyage ! Va chez un bijoutier et demande combien tu peux en tirer. Je te rappelle demain !

Le surlendemain, un sourire jusqu'aux oreilles, je vais voir Dee Boeckmann :

— Tu peux m'inscrire sur la liste des passagers. J'ai l'argent !

Chapitre 8

Dès l'instant où le SS *Manhattan* a quitté le quai 60 de New York, j'ai su que, par rapport au voyage à Amsterdam, celui à Berlin serait à la fois pareil, et très différent.

Pareil, car, comme pour Amsterdam, nous sommes des athlètes américains – trois cent trente-quatre, cette fois-ci – sur un paquebot à destination de l'Europe. Je partage ma cabine avec Helen Stephens, dix-huit ans, et Kathlyn Kelly, seize ans. Dee Boeckmann a veillé à ce qu'il y ait deux athlètes novices et une expérimentée dans chaque cabine. L'expérimentée, c'est donc moi. À vingt-quatre ans, c'est officiel, je suis vieille ! Je m'entends très bien avec Helen, qui est aussi grande par la taille (1,83 mètre) que par le talent, et très mûre pour son âge. Elle sait exactement ce qu'elle veut, ce qu'elle vaut, et n'a pas peur de prendre la parole pour défendre une camarade. Nous devenons vite inséparables. Je crois qu'elle m'admire un peu...

Comme pour Amsterdam, chaque matin, la coach nous réunit sur le pont transformé en piste d'athlétisme pour une séance d'entraînement. Sur les dix-sept qualifiées, nous sommes finalement seize du voyage. Seule manque la fille qui a fini derrière moi au 100 mètres. Lors de la séance, nous croisons les membres de l'équipe masculine d'athlétisme et leur sprinteur vedette, Jesse Owens. À l'instar de Tidye Pickett, Jesse est noir et rêve de gagner sous les yeux d'Adolf Hitler l'une des quatre épreuves auxquelles il participera : 100 mètres, 200 mètres, saut en longueur et 4 x 100 mètres. C'est tout ce que je lui souhaite !

Comme sur le SS *President Roosevelt,* les nageurs ont un modeste bassin en bois pour s'entraîner. Comme sur le SS *President Roosevelt,* certains sportifs se lèvent en plein milieu d'un repas à cause du mal de mer et d'autres sont si malades qu'ils ne quittent jamais leur cabine. Enfin, comme sur le SS *President Roosevelt,* le soir, nous tuons le temps en jouant aux cartes ou en regardant des films dans la salle de cinéma.

Pourtant, ce voyage est très différent de celui vers Amsterdam. Un soir, je dîne dans le restaurant avec Helen et Kathlyn. Nous en sommes au dessert et Helen s'apprête à croquer dans une tranche de cake au citron. Soudain, une main surgie de nulle part tape sur le bras d'Helen et fait voler le gâteau. Elle se retourne, la bouche encore grande ouverte, et découvre derrière elle Dee Boeckmann.

— Aucune sucrerie, mademoiselle Stephens ! Je vous l'ai répété mille fois : ni gâteau, ni crème glacée, ni bonbons ! Vous pensez que Stella Walsh se gave de sucre à cette heure-ci ?

Dee disparaît aussi vite qu'elle est apparue.

— Je rêve ou elle m'a tapée ?!!! s'étouffe Helen. Elle se prend pour ma mère ? Manger une tranche de cake ne m'a jamais fait courir moins vite !

Je me fais l'avocate du diable et essaie de trouver une explication au geste de Dee :

— Sur le SS *President Roosevelt,* il y avait de la glace à volonté et nos performances s'en sont ressenties. Dee ne veut pas que ça se reproduise. Cela dit, elle aurait pu te le dire gentiment au lieu de te taper.

Un autre jour, Helen vient me trouver, un peu déboussolée :

— Je peux te parler ?

— Bien sûr, qu'est-ce qu'il y a ?

— Ne le répète à personne, mais la coach m'a convoquée dans sa cabine. Elle veut que je vous surveille !

— Que tu surveilles ce que nous mangeons ?

— Non, elle veut savoir ce que vous pensez des appels au boycott. Elle a peur que l'une d'entre vous parle aux journalistes et exprime des doutes. Je dois discrètement vous espionner et lui faire remonter les informations.

— Pourquoi elle te demande ça à toi ?

— Je sais pas... Peut-être parce que je suis la plus médiatique de l'équipe. J'ai reçu beaucoup de lettres me demandant de ne pas courir à Berlin et j'ai toujours répondu que j'étais contre le boycott : je ne veux pas mélanger sport et politique. Qu'est-ce que je dois faire, Betty ? L'envoyer balader ? C'est quand même notre coach...

Je réfléchis. La situation est en effet délicate. Malgré la décision du Comité olympique de participer aux Jeux et malgré le départ de la sélection américaine, les appels au boycott se multiplient dans les journaux. Même à bord du navire, certaines personnes semblent opposées aux Jeux. Pas plus tard qu'hier, nous avons retrouvé dans notre cabine un tract anonyme nous invitant à ne pas courir. Il expliquait que Hitler éliminait tous ceux qu'il n'aimait pas (Juifs, communistes, francs-maçons...) et transformait l'Allemagne en dangereuse dictature. « Nous ne pouvons cautionner cela par notre présence à Berlin », disait le tract.

— Je ne sais pas quoi te conseiller... Personnellement, je pense comme toi : nous sommes des sportives, nous ne faisons pas de politique. Et j'ai l'impression que toutes les filles partagent notre avis. Tu ne risques donc rien à accepter la proposition de Dee ; tu n'auras rien de spécial à lui faire remonter ! Mais c'est pas sympa de te demander de moucharder... Sale ambiance !

Elle est là, la grande différence entre Amsterdam et Berlin : dans l'ambiance. Il y a huit ans, l'insouciance, l'innocence, la confiance et la joie régnaient à bord ; aujourd'hui, c'est la suspicion, le doute, l'inquiétude et la lourdeur... Dee y est pour beaucoup, mais je sais pertinemment qu'elle n'est qu'un maillon de la chaîne et ne fait qu'obéir aux ordres venus de plus haut. C'est sans doute la raison pour laquelle elle n'est plus la même.

Le véritable responsable, c'est Avery Brundage, le puissant président du Comité olympique américain. Depuis toujours, il est favorable à la tenue des Jeux, sans aucune condition. Il y a deux ans, il est même allé en Allemagne pour rencontrer Hitler. Que se sont-ils dit ? Que lui a-t-il promis ? Depuis, Brundage s'est donné une mission : faire des Jeux de Berlin une réussite totale. Et pour que tout se passe bien, il n'hésite pas à se montrer sévère. L'autre jour, il a exclu sans ménagement Eleanor Holm de la sélection, car la championne olympique de natation en titre n'avait pas respecté le couvre-feu et avait bu de l'alcool.

Oui, vraiment, sale ambiance.

Lorsque le paquebot accoste à Hambourg, après neuf jours de navigation, le temps est lourd et pluvieux. Revêtus de nos uniformes d'apparat, nous embarquons dans des autocars qui nous conduisent à l'hôtel de ville pour une petite cérémonie, puis à la gare pour prendre un train en direction de Berlin.

L'arrivée dans la capitale allemande est... comment dire ?... déstabilisante. Je m'attendais à voir des inscriptions « Interdit aux Juifs », à l'image des pancartes « Interdit aux nègres » du sud des États-Unis. Ou encore à croiser des Berlinois tristes et opprimés. Mais non, bien au contraire ! Le long des rues qui mènent à Charlottenburg, où nous logeons, des milliers de spectateurs s'amassent sur les trottoirs et nous acclament en buvant des bières ou en agitant des petits fanions. Les immeubles sont beaux et pavoisés d'immenses bannières rouges avec une croix gammée noire. Malgré la météo maussade, l'ambiance est chaleureuse.

À la résidence réservée aux femmes, changement de décor : c'est une vieille bâtisse aux fenêtres mal isolées et aux murs défraîchis. Dans chaque chambre, deux lits avec des matelas remplis de paille et, au plafond, une simple ampoule accrochée à un fil électrique. Est-ce vraiment là que nous allons dormir ? Les hommes, eux, logent dans le village olympique formé de trois cents bungalows, construits spécialement pour l'occasion au milieu de forêts, de prairies et de lacs. Drôle d'égalité !

Toute la nuit, nous entendons la pluie tambouriner sur les vitres et, bien que ce soit l'été, nous avons froid. Au matin, Helen est enrhumée. Le petit déjeuner va-t-il nous réconforter un peu ? Bien au contraire ! Il se compose de pain noir et d'une pomme... C'en est trop pour Helen, qui explose et demande à parler à un responsable :

— Vous vous moquez de nous ? Je suis une sportive de haut niveau et j'ai besoin d'un petit déjeuner copieux ! Vous voulez que je raconte aux journalistes la façon dont vous nous traitez ?

Je n'y avais pas prêté attention, mais Helen a raison : aucun journaliste n'a été invité à la résidence des filles. Tous ont accompagné les garçons au village olympique ! Est-ce pour qu'ils ne voient pas l'état de notre logement ? En tout cas, la menace fait mouche et le responsable nous promet un vrai petit déjeuner pour le lendemain avec œufs, bacon, pancakes et café.

— Mesdemoiselles, nous annonce Dee, voici le programme de votre journée : ce matin, rendez-vous au stade pour un premier entraînement, et, cet après-midi, temps libre.

Notre résidence ressemble à un taudis, mais elle présente un énorme avantage : elle se trouve à quelques minutes à pied du Stade olympique et de la gare de Charlottenburg, ce qui est très pratique pour nous entraîner et nous rendre au centre de Berlin. Les garçons, eux, mettent près d'une heure à faire le trajet depuis le village olympique...

Avec Helen, Kathlyn et Tidye, nous profitons de notre après-midi pour visiter Berlin. Greta, une jeune Allemande adorable en uniforme blanc, mise à notre disposition par les organisateurs, nous sert de guide et d'interprète. Elle nous montre l'île aux musées, les boutiques de l'Alexanderplatz, l'avenue Unter den Linden (qui signifie « sous les tilleuls »), l'opéra, le splendide jardin Lustgarten. Et partout, des bannières hautes de quinze mètres et des drapeaux nazis flottent au vent et donnent à la ville des airs de fête.

Avec les filles, nous sommes sous le charme : tout est si propre et si beau. Presque trop beau. N'y a-t-il ni mendiants ni bidonvilles, comme en Amérique ? Nous posons la question à Greta, qui nous répond avec spontanéité, avant de se reprendre et de nous supplier de ne rien répéter. Deux jours avant notre arrivée, les autorités ont embarqué tous les Tziganes qui vivaient à Berlin et les ont enfermés dans un camp au nord de la ville. J'en déduis que les inscriptions antisémites dont on nous avait parlé existent également, mais elles ont dû être effacées le temps des Jeux.

Avant de recevoir leurs invités, les Allemands ont fait le ménage.

À Amsterdam, j'avais été émerveillée par la cérémonie d'ouverture et, la mémoire enjolivant les souvenirs, je pensais ne jamais rien voir de plus beau. Je me trompais : la cérémonie de Berlin est encore plus grandiose !

Lorsque je pénètre dans le stade avec mes camarades de la sélection américaine pour la parade des nations, je suis happée par un tourbillon de sensations. Il y a la beauté majestueuse du stade, œuvre d'art monumentale aux lignes pures dont la colonnade extérieure et les gradins en ovale rappellent les arènes antiques. Dans les gradins, cent mille personnes ont pris place, qui s'amusent bruyamment, applaudissent, discutent et, en une fraction de seconde, sont capables de se taire pour écouter un discours ou un hymne. Une partie des gradins est réservée à l'orchestre philharmonique de Berlin, sous la direction du célèbre compositeur Richard Strauss, et au chœur, tout de blanc vêtu. Dans le ciel, une ombre impressionnante passe et repasse : grand comme un paquebot, le dirigeable *Hindenburg* flotte majestueusement dans les airs comme dans un rêve, un immense drapeau olympique suspendu sous sa cabine.

Alors que je suis sur la pelouse centrale en compagnie des quatre mille athlètes venus de quarante-neuf pays, tous bien alignés et faisant face à la tribune d'honneur où ont pris place Adolf Hitler, les membres du Comité international olympique et des hauts dignitaires allemands et étrangers, le silence se fait dans le stade, suivi par les premières notes de l'*Alléluia* de Haendel. Lorsque le chœur se met à chanter, je suis traversée par un frisson : ce morceau a le don de me faire vibrer.

Et voilà que surgit, de l'escalier monumental situé sur notre gauche, un coureur blond comme les blés, vêtu d'un short et d'un tee-shirt blanc, une torche à la main. Hitler se tourne vers lui et tend son bras droit à l'horizontale pour le saluer. Instantanément, cent mille bras droits se lèvent dans le stade. L'athlète dévale les marches, passe en petite foulée entre la tribune d'honneur et nous, puis se dirige vers l'immense escalier situé à notre droite. Alors que le chœur et l'orchestre redoublent d'énergie, il grimpe les marches jusqu'à la vasque olympique, se tourne vers le stade et, droit comme un I, allume la flamme olympique.

À Amsterdam, la vasque olympique avait été enflammée par une simple étincelle. À Berlin, les Allemands ont innové. Ils ont voulu dresser un pont historique entre les Jeux de l'Antiquité et ceux actuels. La torche, allumée douze jours plus tôt à

Olympie, en Grèce, a traversé l'Europe, passant entre les mains de trois mille coureurs, parcourant trois mille kilomètres jusqu'à Berlin. Je trouve ce symbole très beau et j'espère qu'il sera repris lors des prochains Jeux.

Le chœur et l'orchestre se sont tus, mais je reste parcourue par un interminable frisson. Je suis tellement heureuse d'assister à cette cérémonie. Elle vaut tout le travail que j'ai fourni pour me qualifier. Que je coure ou non le 4 x 100 mètres, j'ai d'ores et déjà eu ma récompense !

Pour m'en souvenir le plus longtemps possible, je dévore du regard la vasque enflammée, les spectateurs dans les gradins, le dirigeable au-dessus de nos têtes, mes camarades athlètes... Mes yeux passent de l'un à l'autre et finissent par se fixer sur une caméra. Il y en a beaucoup dans le stade, mais celle-là filme dans ma direction. Je lui souris et fais un petit signe de la main. Pour la première fois, la cérémonie d'ouverture est retransmise en direct dans plusieurs pays. Peut-être mes parents, Jim ou des amis du lycée voient-ils ces images...

Soudain, une pensée me traverse l'esprit et mon sourire se fige. Disparaît. Je détourne le regard. Que vont penser les gens en voyant la cérémonie à la télévision ? Ils se diront certainement : « Voilà des athlètes et des spectateurs heureux, dans un stade magnifique, au cœur d'une ville splendide ! »

Exactement l'image que Hitler veut donner de son pays. Avec la musique de Strauss, l'allumage de la vasque, la modernité du village olympique, la retransmission en direct, les organisateurs veulent faire de ces Jeux une vitrine séduisante du nazisme. Et moi, je suis dans la vitrine et je souris ! Je sais que ce qu'elle montre n'est pas la réalité, et pourtant je souris ! Je sais que je dors dans un taudis très différent du village olympique et que les autorités ont raflé les Tziganes pour pas qu'on les voie, et pourtant je souris. Je sais des choses que les Allemands veulent cacher, et pourtant je souris. Je suis leur complice !

Je n'ai pas le droit de sourire ! Je ne me suis pas qualifiée pour m'amuser, mais pour courir le 4 x 100 mètres et battre les Allemandes chez elles, sous les yeux de leur Führer. C'était ça, mon objectif ! Je me suis laissé endormir par la beauté de la cérémonie, mais je dois me réveiller. Comme Tidye Pickett et Jesse Owens, je veux être le grain de sable qui va gripper la machine parfaitement huilée !

Je regarde la tribune d'honneur et me raidis.

Je suis là pour me battre et pour gagner !

Chapitre 9

À Northwestern, le coach Hill me répétait souvent que l'athlète était un soldat et la compétition une bataille. Pour la remporter, il doit être prêt physiquement et mentalement le jour J.

À présent, je comprends ce qu'il veut dire.

Je suis une guerrière et j'ai une semaine pour être prête. Ma première mission : prouver à Dee que je fais partie des meilleures, des plus aguerries, de celles qu'elle peut envoyer au front en toute confiance.

Le lendemain de la cérémonie d'ouverture, je suis la première sur la piste d'entraînement. Je fais les mêmes exercices qu'Helen, Annette et Harriet. Départs et phases d'accélération, encore et encore. Phases à pleine vitesse, encore et encore. Nous ne travaillons pas les passages de témoin : pour l'instant, les filles se concentrent sur l'épreuve individuelle de demain et d'après-demain. Le relais viendra ensuite.

Je compare également mes chronos à ceux de nos spécialistes du 80 mètres haies, Tidye Pickett, Anne Vrana O'Brien et Simone Schaller. Dee est susceptible de faire appel à elles pour le relais. Ainsi qu'à Olive Hasenfus, qui avait fini juste devant moi aux sélections américaines.

Huit filles pour quatre relayeuses.

Les places seront chères, mais je me battrai pour avoir la mienne.

Ce lundi 2 août 1936, le Stade olympique est en effervescence. Cent mille hommes, femmes et enfants, jeunes et moins jeunes, de Berlin et du reste de l'Allemagne, soutiennent leurs athlètes pour le premier jour de compétition. Même Adolf Hitler, qui déteste le sport et ne sait même pas nager, est présent dans la tribune d'honneur. Il s'est fait violence car il sait que les États-Unis sont grands favoris au tableau des médailles, et il ne veut pas assister à la déroute de ses athlètes.

Mais il est là, le visage fermé et l'air absent, assis à regarder vaguement les épreuves ou à discuter avec son ministre de la propagande, Joseph Goebbels. De temps en temps, il s'éclipse dans sa loge puis revient. Cependant, à mesure que les épreuves avancent, il se prend au jeu, se met à haranguer ses athlètes, se lève brusquement lorsqu'un lanceur allemand réussit un bon tir et tape du poing sur son genou lors d'un essai mordu. Il s'agite et finit par applaudir frénétiquement.

Car, contre toute attente, l'Allemand Hans Woellke remporte la médaille d'or du lancer du poids, son compatriote Gerhard Stöck prenant le bronze. Le favori de l'épreuve, l'Américain Jack Torrance, recordman du monde, n'est que cinquième. Un peu plus tard, les Allemandes Tilly Fleischer et Luise Krüger s'emparent des deux premières places du lancer de javelot.

Deux victoires allemandes aux deux premiers concours !

Ravi d'y voir la preuve de la supériorité de la race aryenne, Hitler accueille les deux champions olympiques dans sa loge pour les féliciter personnellement. Le stade entier, debout et bras droit levé, chante des hymnes nazis et acclame aussi bien les deux athlètes que leur Führer. Car, nul n'en doute, sans l'ordre et la discipline qu'il a réussi à rétablir en Allemagne, ces victoires auraient été impossibles.

Le lendemain, Hitler est bien sûr là.

Et moi aussi.

Je soutiens de toutes mes forces nos athlètes, mais les journées se suivent et se ressemblent : deux Allemands finissent aux deux premières places du lancer de marteau. Hitler et les spectateurs exultent.

Moi, j'attends avec impatience le 100 mètres masculin. Jesse Owens s'est qualifié pour la finale, ainsi que deux autres Américains, un Allemand, un Néerlandais et un Suédois. Dans un silence d'église, les coureurs se préparent. Owens, au couloir 1, avale sa salive. Le premier départ est le bon. Le stade se lève et encourage son coureur, mais Owens prend rapidement le large et gagne en toute décontraction, devant Ralph Metcalfe, un autre Noir américain.

Hitler s'étouffe de rage et refuse de serrer la main du vainqueur. Ce premier grain de sable dans la machine allemande me comble de bonheur.

Le troisième jour de compétition, le concours du saut en longueur masculin est de toute beauté. Jesse Owens et l'Allemand Luz Long se rendent coup pour coup. Le Noir contre le blond, l'affrontement de deux mondes. Après quatre essais, Jesse est en tête avec un bond à 7,87 mètres, seulement trois centimètres de plus que Long. Pour son avant-dernier essai, l'Allemand prend sa course d'élan, s'envole et retombe loin, très loin... Les juges mesurent le saut et le stade explose : 7,87 mètres, record d'Europe battu et égalité parfaite ! Au tour de Jesse Owens de se préparer. Il remonte son short, se frotte le visage, se concentre et court. Je retiens mon souffle. Owens décolle et, au terme d'un saut interminable, retombe à 7,94 mètres. Il est seul en tête ! Consternation dans le stade. Dernier essai pour Long, dernière chance. Hitler l'observe aux jumelles.

L'Allemand prend son élan mais, obligé de prendre trop de risques, il mord la planche d'appel. Owens a gagné !!! Et, pour enfoncer le clou, il bat le record olympique à son dernier essai : 8,04 mètres !

Deuxième grain de sable pour Owens !

Pour couronner cette belle journée, mon amie Helen remporte le 100 mètres féminin, devant la tenante du titre Stella Walsh, trois Allemandes et Annette Rogers. Je suis si heureuse pour Helen, qui mérite amplement sa médaille !

Vu les performances d'Helen et d'Annette dans l'épreuve individuelle, Dee va certainement les retenir pour le relais. Il ne reste donc plus que deux places à attribuer, pour six prétendantes.

Je me remets au travail avec encore plus d'acharnement. Dee fera son choix définitif après le 80 mètres haies. Elle connaîtra alors l'état de forme de chacune d'entre nous. Le fait que nous nous connaissions depuis huit ans jouera-t-il en ma faveur ? Tiendra-t-elle compte de mon expérience du relais ? En tout cas, je veux en faire partie ! Après tout ce que j'ai fait pour revenir sur la piste, ce serait tellement dur de rester dans les tribunes...

Le lendemain, Jesse Owens gagne son troisième titre olympique en remportant le 200 mètres devant Mark Robinson, un autre Noir. Phénoménal Jesse !

Ce jour-là, je n'ai d'yeux que pour le 80 mètres haies. Je n'en suis pas fière, mais je suis tiraillée entre deux sentiments. D'un côté, j'ai envie de voir mes camarades Tidye, Anne et Simone gagner des médailles. De l'autre, je me dis que si l'une d'elles n'est pas au top de sa forme, ce sera une postulante de moins pour le relais.

Et c'est ce qui arrive : en demi-finale, Anne Vrana O'Brien et Simone Schaller ne finissent pas dans les deux premières et sont éliminées. Tidye court dans la dernière demi-finale. J'aime beaucoup cette fille, son courage et sa volonté de réussir. Elle vient déjà de rentrer dans l'Histoire en devenant la première athlète noire à participer aux Jeux olympiques. J'espère vraiment, sincèrement, qu'elle se qualifiera pour la finale et remportera une médaille.

Les filles se préparent et, *pan !*, c'est parti. Excellent départ ! Vas-y Tidye ! Elle court bien et franchit sans problème la première haie... Plus vite, Tidye, tu peux le faire ! Dernier appui avant la deuxième haie, mais elle l'accroche, est déséquilibrée, tombe lourdement par terre. C'est fini. Son rêve de battre les Allemandes devant Hitler s'écroule avec elle. La pauvre ! J'aurais aimé qu'elle y parvienne. Dee lui donnera-t-elle une seconde chance ? Lorsque Tidye se relève, elle se tient l'épaule et semble blessée. J'espère que ce n'est pas trop grave...

Le soir, au moment de m'endormir, je tourne et retourne dans ma tête les données du problème. Helen et Annette ont fait leurs preuves. Helen est championne olympique du 100 mètres et Annette championne en titre du relais. Pour elles, c'est bon ! Anne et Simone, à l'inverse, ont montré leurs limites dans le 80 mètres haies : elles devraient normalement être laissées sur la touche. Restent deux places à partager entre Tidye, qui court vite mais s'est légèrement blessée à l'épaule, Harriet, qui n'a pas brillé sur le 100 mètres mais que Dee aime bien car elles viennent toutes les deux de la même ville, Olive, qui n'a pas encore couru, et moi. Logiquement, Dee devrait me sélectionner car je suis la plus expérimentée des quatre et j'ai couru de nombreux relais avec Annette l'an passé. Va-t-elle me faire confiance ? Lorsque je cours, mon boitillement est encore un peu visible. Va-t-elle en préférer une autre ?

Toute la nuit, je tourne le problème dans tous les sens, sans trouver le sommeil.

Après le petit déjeuner, Dee nous convoque dans sa chambre. J'essaie de lire sur son visage un petit signe, un clin d'œil, une attention particulière par laquelle elle me signifierait : « C'est bon, Betty, tu as ta place ! » Mais rien. Je suis inquiète.

— Mesdemoiselles, j'ai établi la liste des quatre qui courront le relais. Cela n'a pas été facile car vous êtes toutes très talentueuses.

Ça, c'est le baume avant le coup de poignard.

— J'ai donc retenu Helen et Annette, qui sont les plus rapides sur 100 mètres...

Par égard pour les autres, elles ne manifestent aucune joie.

— J'ai aussi gardé Betty, qui, en plus de sa vitesse de pointe, a l'expérience du relais, notamment en association avec Annette.

Je ne le montre pas, mais c'est un feu d'artifice dans ma tête. Huit ans après Amsterdam, cinq ans après avoir été donnée pour morte, je vais courir le relais olympique !!!

— Le choix de la quatrième relayeuse n'a pas été simple, mais j'ai finalement choisi Harriet.

Je suis très déçue pour Tidye. J'aime beaucoup Harriet, c'est pas le problème, mais j'aurais tellement voulu que Tidye coure avec nous. Elle avait le niveau et cela aurait été un magnifique symbole. Elle est au bord des larmes...

— Pendant les quatre jours qui viennent, Tidye, tu vas prendre soin de ton épaule et te tenir prête. Parmi les quatre que j'ai retenues, aucune n'est à l'abri d'un claquage ou d'un mauvais virus. Si j'ai besoin d'une remplaçante, ce sera toi. Et maintenant, à l'entraînement !

Deux heures plus tard, nous sommes sur le stade, à répéter le passage de témoin. Dee n'a pas vraiment le choix pour l'ordre des quatre relayeuses : ce sera d'abord Harriet (dont le départ est explosif), puis Annette dans la ligne droite opposée, moi (avec mon expérience du 200 mètres, courir dans le virage ne me fait pas peur) et enfin Helen (la plus rapide, pour le finish). Pourtant, nous testons de nombreuses autres variantes. Pourquoi ? De l'autre côté du stade, les Allemandes nous observent. Avec trois filles en finale du 100 mètres, ce sont nos principales adversaires pour le titre olympique. Elles sont même grandes favorites. Pour ne pas leur donner d'informations sur notre stratégie, Dee change fréquemment l'ordre de notre relais.

La guerre des nerfs a commencé.

La veille des séries, nous passons toute la journée sur le stade d'entraînement. Le passage de témoin doit devenir un réflexe. J'attends aux 200 mètres, en appui sur la jambe gauche légèrement fléchie, le torse penché en avant. Annette arrive à pleine vitesse. Lorsqu'elle se trouve à cinq mètres de moi, je démarre. Tout en accélérant et en regardant vers l'avant, je tends la main droite vers l'arrière. C'est alors le moment critique : si le timing est parfait, Annette se retrouve juste derrière moi, à la même vitesse que moi. En pleine course, elle dépose dans ma main droite le bâton qu'elle tient dans sa main gauche. Je m'en saisis sans me retourner, le glisse immédiatement dans ma main gauche et cours aussi vite que possible jusqu'aux 300 mètres, où m'attend Helen. Je lui transmets le témoin et elle finit la course.

La coordination dans le passage de témoin peut faire gagner – ou perdre – de précieux dixièmes de seconde. À ce petit jeu, Harriet, Anne, Helen et moi sommes plutôt bonnes. Que valent les Allemandes ? Sur le papier, les chronos cumulés de Emmy Albus, Käthe Krauss, Marie Dollinger et Ilse Dörffeldt est meilleur que le nôtre, mais si leurs passages de témoin sont moins bons, tout devient possible...

Réponse demain après-midi.

Nous sommes assises dans le vestiaire du Stade olympique, les pointes aux pieds, le dossard accroché sur notre maillot, prêtes à en découdre. Debout et concentrée, Dee prend la parole :

— Mesdemoiselles, voici l'heure de votre dernière compétition de ces Olympiades... Que vous ayez brillé individuellement ou pas, que vous ayez déjà couru ou pas, c'est le moment de montrer ce dont vous êtes capables ! Le Canada, les Pays-Bas et l'Australie sont dans votre série. Quatre concurrents pour trois places en finale. Tout ce que je vous demande aujourd'hui, c'est d'assurer les passages de témoin et de ne pas finir dernières. Je veux juste savoir où vous en êtes, et où en est l'Allemagne, qui court dans l'autre série. Des questions ? Non ? Alors en piste !

Nous pénétrons dans le stade par le tunnel des athlètes. Suivre les épreuves depuis les tribunes était impressionnant, mais être sur la piste, dans un chaudron de cent mille spectateurs, l'est encore plus. Je me sens nerveuse... J'ai tellement rêvé de ce moment ! Avec les filles, nous nous faisons une dernière accolade, puis nous nous séparons. Des marques sur la piste indiquent l'emplacement des quatre cents mètres, trois cents mètres, deux cents mètres et cent mètres. Nous rejoignons chacune notre place. J'essaie de me décontracter en sautillant.

Le premier départ est le bon : je regarde Harriet s'élancer, courir puis transmettre le témoin à Annette. C'est plutôt bien parti. Je me mets en position, Annette arrive, je démarre et tends le bras droit vers l'arrière. Lorsque je sens le contact froid du témoin dans ma main, je l'attrape et le mets dans la main gauche. Je suis en avance sur mes concurrentes ; je ne prends aucun risque en transmettant le bâton à Helen, qui court vers une victoire facile. Notre temps est moyen, 47 secondes et 1 dixième, mais l'objectif n'était pas de battre le record du monde...

Avant de regagner les vestiaires, nous restons sur le bord de la piste pour assister à la seconde demi-finale. Nous voulons voir ce que valent les Allemandes.

Au moment du départ, le stade est en ébullition. Emmy Albus part comme une flèche et transmet le témoin d'une manière parfaite à Käthe Krauss, quasiment sans ralentir. Celle-ci, qui a obtenu le bronze au 100 mètres, accroît son avance sur les Anglaises et les Italiennes. Très impressionnantes ! Le deuxième passage de témoin est lui aussi parfait. Les Allemandes ont d'ores et déjà gagné leur série, mais Marie Dollinger ne lâche rien. Et la troisième transmission de bâton est encore parfaite ! Je n'ai jamais vu ça. Même Ilse Dörffeldt, pourtant la moins forte des quatre, poursuit l'effort jusqu'à la ligne d'arrivée. Mon Dieu ! 46 secondes et 4 dixièmes. Record du monde explosé ! J'ai assisté à la course parfaite !

Nous regagnons les vestiaires la tête basse. Les Allemandes nous ont mis un sacré coup. Même si elles courent moins bien demain, elles ne peuvent pas perdre en finale...

Je n'arrive pas à trouver le sommeil.

Il y a huit ans, à Amsterdam, je m'étais endormie comme un loir, sereine et sûre de moi. Là, je suis submergée par les émotions, les questions, l'inquiétude aussi.

Demain, je participerai à la toute dernière course de ma vie sportive. Depuis que le professeur Price m'a aperçue sur le quai de la gare de Harvey, le sprint m'a procuré tellement de joies ! J'aimerais que ma carrière s'achève de la plus belle des manières. Il n'y a pas si longtemps, je me disais que si j'arrivais à courir à nouveau, ce serait déjà bien. Puis je me suis dit qu'une qualification pour les Jeux serait un bel exploit. Maintenant que je suis en finale, je veux l'or. Pas l'argent : l'or ! Je ne le veux pas pour moi – j'ai déjà une médaille d'or à la maison –, mais pour papa, pour lui montrer que, si je m'en suis sortie, lui aussi peut y arriver ! Et aussi pour Jim, qui m'a secoué les puces au moment où j'en avais besoin. Et pour Tidye, qui rêvait de battre les Allemandes sous les yeux d'Hitler. Elle ne courra pas demain ; c'est à moi de le faire pour elle...

Mais les images de la course parfaite des Allemandes m'empêchent de dormir. Comment pourraient-elles perdre ? J'aurais mieux fait de ne pas les regarder courir. Au moins, à l'heure qu'il est, je me bercerais encore de douces illusions...

— Oubliez ce que vous avez vu !

Nous sommes dans les vestiaires, à quelques minutes d'entrer sur la piste. La coach Dee nous parle d'une voix ferme :

— Hier, les Allemandes ont fait la course parfaite. Mais ce sont des femmes, pas des machines, et aujourd'hui leur transmission de témoin sera peut-être moins bonne. Et puis elles vont courir une finale olympique devant leur public : la pression sera sur leurs épaules, pas sur les vôtres ! Enfin, hier, je ne vous ai pas demandé d'être à fond. C'est aujourd'hui que vous devez tout donner ! Harriet, Annette et Betty, vous serez opposées à trois filles qui, sur le papier, sont meilleures que vous. Elles vont vous distancer. Ne vous déconcentrez pas et essayez de rester au contact ! Si vous limitez les dégâts, on a une chance de gagner. La quatrième relayeuse allemande est le maillon faible de l'équipe : c'est la moins rapide et la moins expérimentée. Et toi, Helen, tu détiens le record du monde de la distance. Même si tu pars avec cinq ou six mètres de retard, tu peux la battre !

Helen opine de la tête.

— Allez les filles, montrez-moi ce dont vous êtes capables ! Pendant que vous vous prépariez, les garçons ont gagné la finale du 4 x 100 mètres. Suivez leur exemple !

Un large sourire se dessine sur nos visages. Le relais américain vainqueur, ça veut dire que Jesse Owens a remporté sa quatrième médaille d'or. Quel exploit fabuleux ! Et quel camouflet pour Hitler !

— À vous de jouer !

Nous sortons et pénétrons sur le stade. Je me dirige vers la marque des 200 mètres pour ma toute dernière course. Dans moins de deux minutes, ma carrière de sportive sera finie. Je sautille sur place pour décontracter les muscles de mes cuisses, puis me tourne vers la ligne de départ, à l'autre bout du stade. Harriet se prépare. Le speaker annonce les couloirs : Grande-Bretagne au 1, Italie au 2, nous au 3, Allemagne au 4, Canada au 5 et Pays-Bas au 6. À l'annonce du couloir de l'Allemagne, le stade retentit d'acclamations et d'applaudissements. Les cent mille spectateurs veulent que les filles lavent l'affront du 4 x 100 mètres masculin. Hitler se lève de son siège et harangue ses coureuses.

Le starter annonce le départ.

— À vos marques !

Les premières relayeuses s'accroupissent et calent leurs pieds dans les trous.

— Prêtes ?

Elles se redressent, mais l'une d'elles bondit avant même le coup de pistolet. C'est Harriet ! Faux départ... Est-elle nerveuse ? Elle n'a plus le droit à l'erreur.

Le starter reprend le processus.

— À vos marques !

Les filles placent leurs pieds.

— Prêtes ?

Elles se redressent.

Pan !

Cette fois, c'est la bonne. Harriet est bien partie mais Emmy Albus a pris le meilleur départ. Soutenue par un stade chauffé à blanc, l'Allemande accroît vite son avance et transmet parfaitement le témoin à Käthe Krauss. Vas-y Harriet ! Vas-y ! Elle transmet à son tour le bâton. Annette essaie de limiter les dégâts, mais les Allemandes ont déjà quatre ou cinq mètres d'avance. Je me concentre sur Annette qui arrive à toute vitesse. Je me prépare. Commence à courir. Tends le bras droit vers l'arrière. Accélère. Sens le bâton dans ma main droite. Le saisis et le mets dans ma main gauche. Allez ! Je dois courir le plus vite possible ! Donner tout ce que j'ai ! À ma droite, l'Allemande a déjà neuf ou dix mètres d'avance. Je dois tenir bon jusqu'à Helen. Mais elle ne pourra rien faire. Dix mètres, personne ne peut remonter ça. Les Allemandes vont gagner l'or. Le stade n'est plus qu'un hurlement continu. J'aurai tout tenté mais, malheureusement, ce sera l'argent...

Soudain, le stade gronde puis se tait.

Je ne comprends pas.

Je cours toujours vers Helen, mais c'est comme si, au cinéma, le son s'est arrêté, seule l'image continue à bouger.

Je transmets le témoin à Helen et stoppe ma course.

Les deux dernières relayeuses allemandes sont debout à côté de moi. Mais que fait ici Ilse Dörffeldt ?!!! Pourquoi ne court-elle pas vers la victoire ? Je regarde par terre et aperçois le témoin. Elles l'ont laissé tomber ! Elles avaient course gagnée, les voilà disqualifiées !!! Vas-y, Helen, cours !

Cours !

Helen franchit la ligne d'arrivée avec une seconde d'avance sur les Anglaises et les Canadiennes.

Je n'en reviens pas : nous sommes championnes olympiques !!!

Je cours rejoindre Helen, Annette, Harriet et Dee. Nous nous embrassons et sautons de joie ! Quel incroyable retournement de situation !!! Comment les Allemandes ont-elles pu laisser tomber le bâton ?

— Après avoir reçu le témoin, nous explique Dee, Ilse Dörffeldt a voulu le mettre dans sa main gauche et elle l'a laissé tomber...

— Mais... la dernière relayeuse ne doit pas faire ce changement de main ! s'exclame Helen.

— Eh oui, une erreur de débutante !

Sous les yeux d'Hitler, les Allemandes ont perdu la guerre des nerfs et nous sommes championnes olympiques.

Des larmes de joie me montent aux yeux.

Papa, tu vas de nouveau pouvoir être fier de ton nom !

Chapitre 10

J'ai des confettis dans les cheveux et une question lancinante dans la tête.

À cent mètres devant moi, une fanfare de cuivres et de percussions remonte Broadway Avenue depuis le sud de Manhattan. Des dizaines de milliers de New-Yorkais se sont amassés sur les trottoirs, agitant des petits drapeaux américains. Derrière les musiciens, des policiers à moto roulent au pas, suivis par une voiture de la télévision. Vient ensuite le gros de la parade : une file ininterrompue de berlines décapotables dans lesquelles ont pris place les athlètes de la délégation américaine. Jesse Owens, le héros de Berlin, est dans la première voiture. Debout dans son costume olympique, décontracté et souriant comme toujours, il salue la foule qui l'acclame.

Helen Stephens, autre figure marquante des Jeux avec ses deux médailles d'or, se trouve dans la deuxième voiture. Harriet, Annette et moi l'accompagnons. C'est l'été, mais lorsque je lève les yeux vers le ciel, j'ai l'impression qu'une tempête de neige s'abat sur nous : des milliards de confettis blancs jetés des fenêtres des gratte-ciel tourbillonnent et nous tombent dessus en flocons. J'avais déjà vu des images de parades new-yorkaises aux actualités, notamment celle en l'honneur de Charles Lindbergh après sa traversée de l'Atlantique en avion, mais je ne l'avais encore jamais vécue. En 1928, à mon retour d'Amsterdam, les caprices de la météo avaient contraint les organisateurs à annuler la parade... Dommage que papa et maman ne puissent voir ça : c'est une chose absolument incroyable !

Mon émotion est cent fois, mille fois plus intense que lors de la cérémonie d'ouverture des Jeux. Ma vraie récompense pour tous les efforts fournis depuis mon accident, la voilà ! J'attrape un gros confetti qui s'est pris dans mes cheveux et le glisse dans la poche de ma veste. De retour à Riverdale, je le mettrai dans mon carton de souvenirs et le conserverai précieusement avec mes premières chaussures à pointes, mes médailles et les bijoux que Jim n'a pas vendus.

En pensant à cette boîte, mon humeur s'assombrit un peu, comme un nuage gris dans la tempête de confettis. Depuis la finale de Berlin, une question me taraude : que vais-je faire maintenant que ma carrière sportive est finie ? Depuis huit ans, ma vie a été rythmée par les entraînements et les compétitions. Le vide qui m'attend me fait un peu peur.

En fin d'après-midi, quand j'arrive à l'hôtel, le réceptionniste m'annonce qu'un homme veut me voir. Il patiente depuis une heure dans le petit salon. Je suis très surprise. Un membre de ma famille a-t-il fait le trajet depuis Chicago pour me faire une surprise ? Peu probable, compte tenu de notre situation financière... Un journaliste ? Un admirateur ?

Le réceptionniste m'accompagne jusqu'à un salon cossu. Un homme que je ne connais pas est assis à une table. Âgé d'une cinquantaine d'années, chauve et bedonnant, il est vêtu d'un costume gris.

— Mademoiselle Robinson ! s'exclame-t-il en se levant. Je vous attendais !

— Me voilà, dis-je sans trop savoir quoi répondre.

— Je me présente : Warren Ford, de la MGM. Puis-je vous parler ?

— MGM... comme Metro-Goldwyn-Mayer ???!

— Tout à fait, comme les studios de cinéma. Vous avez quelques minutes ?

— Bien sûr !

Je m'assieds.

— Vous savez certainement que la MGM produit chaque année une cinquantaine de films, dont une poignée de chefs-d'œuvre. Avez-vous vu *Les Révoltés du Bounty*, avec Clark Gable ? Quel souffle puissant, n'est-ce pas ? L'Academy Awards ne s'y est pas trompée en lui décernant cette année l'Oscar du meilleur film !

J'observe le producteur s'enthousiasmer et faire à la fois les questions et les réponses.

— Le cinéma est l'un des rares secteurs qui ne connaisse pas la crise. Quand les temps sont durs, les gens ont besoin de rêver, et c'est exactement ce que nous leur offrons : du rêve sur grand écran ! N'est-ce pas merveilleux ?

Je hoche dubitativement la tête.

— J'imagine que vous vous demandez où je veux en venir ! Eh bien voilà : j'aimerais que vous participiez à rendre les gens heureux !

— Que je « participe » ?

— Oui, que vous jouiez dans nos films ! Vous allez me répondre que vous êtes une sportive, pas une actrice. Je vous dirais trois choses. Primo, j'ai lu dans les journaux que vous arrêtiez votre carrière d'athlète, vous n'êtes donc plus à proprement parler une sportive. Secundo, je crois savoir que vous avez fait du théâtre au lycée, vous êtes donc déjà une comédienne. Je me trompe ?

— Non, c'est vrai.

— Enfin, tertio, nous adorons les sportifs à la MGM et nous voulons leur offrir une chance de reconversion. Johnny Weissmuller en est un bel exemple : il était une vedette de la natation, nous en avons fait une vedette du cinéma ! Si vous l'avez aimé dans *Tarzan l'homme-singe* et dans *Tarzan et sa compagne,* courez voir *Tarzan s'évade,* qui sort dans trois mois. Vous allez adorer !

— J'ai vu en effet qu'il faisait une belle carrière au cinéma... Nous étions ensemble à Amsterdam.

— Nous aimons les acteurs qui ont une histoire et une présence. C'est le cas de Johnny, mais aussi le vôtre : vous avez été la première championne olympique d'athlétisme, vous avez survécu à un terrible accident et vous revoilà championne olympique. Et puis, excusez-moi de vous le dire – là, ce n'est pas l'homme qui parle mais le professionnel –, vous êtes radieuse. Je suis sûr que vous attirez la lumière ! Ne vous a-t-on jamais dit que vous aviez un physique d'actrice de cinéma ?

— Ma mère trouve que je ressemble à Barbara Stanwyck...

— Vous voyez ! On devrait toujours écouter sa maman ! Aimeriez-vous jouer dans un film et devenir une star ?

— Je ne sais pas... je n'y ai jamais pensé... J'aimais beaucoup le théâtre, mais je ne sais pas si je suis bonne comédienne.

— Pour le savoir, vous devrez passer des bouts d'essai et, s'ils sont concluants, vous commencerez par des petits rôles. Avant de jouer Tarzan, Johnny Weissmuller a débuté dans *Glorifying the American Girl*, mais qui s'en souvient ? Alors, que pensez-vous de ma proposition ?

— C'est intéressant... Je dois y réfléchir.

— Bien sûr, c'est une décision importante, prenez votre temps ! Mais ne doutez pas de vos capacités, je suis certain que vous êtes une excellente actrice et que les caméras vous sublimeront. Voici ma carte de visite ! Je retourne la semaine prochaine à Hollywood. Appelez-moi et nous organiserons un rendez-vous !

— Je n'y manquerai pas. Au revoir.

Je prends congé et attends l'ascenseur pour monter dans ma chambre. Lorsque la porte s'ouvre et que j'entre dans la cabine, je pense soudain au professeur Price. J'ai toujours eu l'impression que les choses arrivaient au moment où elles devaient arriver. Si mon professeur de biologie m'a vue courir sur le quai de la gare de Harvey, c'est que c'était mon destin : il était écrit que je deviendrais sprinteuse. Huit ans plus tard, l'histoire se répète. Cet après-midi, dans la parade, je ne savais pas où j'allais. J'étais perdue, en plein brouillard. Mais la rencontre avec le producteur vient de tout changer. En discutant avec lui, tout s'est subitement mis en place dans ma tête. Je sais désormais ce que je veux faire du reste de ma vie !

Lorsque la porte de l'ascenseur s'ouvre à l'étage de ma chambre, j'en ressors sereine et détendue.

Deux jours plus tard, de retour à Chicago, je me sens prête à annoncer ma décision à mes parents. Prête et un peu inquiète : ne vont-ils pas me dire que je fais une erreur ?

Le soir, maman a préparé un grand dîner de famille pour célébrer mon retour et ma médaille. Elle a sorti les couverts en argent et mis les petits plats dans les grands. Mes deux sœurs et leur famille sont là. Pour me faire honneur, mes neveux ont tenu à mettre leurs plus beaux vêtements. Ils sont adorables !

Au moment de l'apéritif, mon père lève son verre et demande le silence.

— Avant que nous ne buvions, j'aimerais dire quelques mots...

Son verre tremble un peu. Il est ému.

— Betty, je voulais te dire combien je suis fier, combien nous sommes fiers, ta mère et moi, de ce que tu as accompli ! Je me souviens, il y a cinq ans, sur ton lit à l'hôpital, tu me disais : « Bien sûr que je courrai à nouveau ! » Je peux te l'avouer aujourd'hui, personne à l'époque n'y croyait : ni les journaux, ni les médecins, ni même moi... Quel chemin tu as parcouru !

— C'est gentil, papa, mais je n'y serais jamais arrivée sans votre soutien... Le tien, celui de maman, celui de Jim. Merci à vous ! Et merci aussi, Jeannette et Evelyn, d'avoir été là dans les moments difficiles !

J'ai l'impression d'être à la cérémonie des Oscars, lorsque l'actrice récompensée fait attention de n'oublier personne.

— Avant Berlin, poursuit mon père, tu disais vouloir arrêter l'athlétisme. Ta médaille ne te donne pas envie de continuer encore un peu ? Tu n'as que vingt-quatre ans...

— Non, papa, il est temps que je passe à autre chose... À ce propos, j'ai fait une drôle de rencontre avant-hier à New York. Un producteur de Hollywood est venu à mon hôtel pour me proposer de devenir actrice !

Les yeux de mes neveux se remplissent d'étoiles :

— Woauh ! s'exclame ma nièce Patricia. Tu vas faire des films ? Tu m'inviteras à un tournage ? J'ai toujours rêvé de voir comment ça se passait...

Je jette un œil à ma mère, qui blêmit. Je lui souris :

— Ne t'inquiète pas, maman, je...

Elle m'interrompt :

— Je ne m'inquiète pas, Betty. Depuis quelques années, tu m'as montré que tu étais capable de tout surmonter, même la mort ! Je ne m'inquiète plus pour toi : tu es une adulte et je te fais entièrement confiance. Si tu veux devenir actrice, vas-y, fonce, comme tu sais si bien le faire ! Je suis juste un peu triste car je te verrai moins souvent. Pour te voir, il faudra que j'aille au cinéma...

Oh, maman ! Si tu savais combien tes mots me font du bien ! Depuis mes seize ans, je me bats pour que tu me considères comme une personne à part entière, avec mes envies et mes défauts. Et j'ai l'impression que ça y est, tu me fais enfin confiance, même si mes désirs sont différents des tiens.

— Merci beaucoup pour ta confiance, ma petite maman, mais tu ne m'as pas laissé finir ma phrase. J'allais dire : « Ne t'inquiète pas, je n'irai pas à Hollywood ! »

Dans les yeux de ma nièce, l'incrédulité a remplacé les étoiles.

— Quoi ?!!! Tu ne veux pas devenir actrice ?

— Non. Avant de rencontrer le producteur, je me posais plein de questions sur mon avenir. Mais quand il a commencé à me parler, j'ai compris beaucoup de choses. Vous auriez dû l'entendre ! C'était comme si du miel sortait de sa bouche : « Je suis sûr que les caméras vous sublimeront. » Il essayait de me vendre du rêve, mais tout ce qu'il est parvenu à faire, c'est à m'ouvrir les yeux. Non, je ne veux pas devenir actrice !

— Tu es sûre de toi ? demande maman. Une telle chance ne se représentera sans doute jamais...

— Sûre de sûre ! Au lycée, j'aimais beaucoup le théâtre, mais pas au point d'en faire mon métier. Hollywood, la célébrité, la sublimation par les caméras, tout ça me semble tellement superficiel ! Ça ne m'intéresse pas.

— Du coup, tu veux faire quoi ?

— L'athlétisme m'a permis de voyager, de me faire des amies, de connaître d'immenses bonheurs, de devenir ce que je suis et de découvrir que c'était ici que je voulais vivre, avec vous. Je veux désormais donner à d'autres ce que j'ai reçu. J'aimerais devenir coach et enseigner aux jeunes à courir et à se surpasser. Comme tu l'as fait avec moi, Jim ! Et j'aimerais aussi...

Je me tais. Ce que j'allais dire est si personnel.

— Tu aimerais aussi ? se hasarde maman.

— Rencontrer quelqu'un... pas un type comme Bert, non, quelqu'un de gentil qui m'aimerait... Et avec qui je pourrais fonder une famille. Tu te souviens, Jim, de ce que tu m'as dit au Franky's ? Tu m'as dit qu'élever des enfants et leur transmettre des valeurs pour en faire des personnes bien, c'était une activité très respectable...

Je me tourne vers mes parents.

— Je serais très heureuse si j'arrivais un jour à faire avec mes enfants ce que vous avez réussi à faire avec Evelyn, Jeannette et moi : des filles bien...

Mon père pose sur moi un regard infiniment bon :

— C'est gentil, Betty. La vie n'a pas été tendre avec nous ces derniers temps et j'ai l'impression d'avoir échoué dans beaucoup de domaines... Mais il y en a un dans lequel je suis sûr d'avoir fait du bon travail. Quand je vous vois, tes sœurs et toi, je me dis que ta mère et moi pouvons être fiers de ce que nous avons fait. Tu es quelqu'un de bien, Betty. Oui, vraiment, tu es une fille en or !

Épilogue

Trois ans après les Jeux olympiques de Berlin, Betty Robinson rencontra lors d'un dîner Richard Schwartz, un homme d'affaires qui travaillait dans l'ameublement. Elle avait vingt-sept ans, lui vingt-neuf, et ils tombèrent rapidement amoureux.

Ils se marièrent en 1939, eurent deux enfants – Rick en 1942 et Jane en 1945, dont aucun ne devint sportif – et vécurent heureux pendant cinquante-huit ans.

Betty ne reprit jamais ses études et ne réalisa pas son rêve de devenir professeure de sport. Mais la vie lui avait appris à aller de l'avant et à se réjouir de ce qui lui était offert. Elle travailla comme vendeuse chez un marchand de bonbons puis dans une quincaillerie, sans jamais regretter sa gloire passée.

Elle garda tout de même un pied sur les pistes d'athlétisme, comme juge et comme starter lors de compétitions officielles.

En 1990, elle se rendit en Floride, dans la maison de retraite du professeur Price, pour célébrer les cent ans de celui qui l'avait découverte.

Six ans plus tard, à l'occasion des Jeux d'Atlanta, elle participa au tout dernier relais olympique de sa carrière. Alors que la torche passait par Denver, la ville où elle habitait, elle devint l'une des relayeuses, soixante ans après avoir assisté à Berlin au tout premier relais de la flamme olympique de l'Histoire.

Betty Robinson disparut trois ans plus tard, le 18 mai 1999, à quatre-vingt-sept ans. Mais les légendes ne s'éteignent jamais tout à fait... Malgré le temps qui passe, son nom et son sourire brilleront pour toujours au panthéon du sport.

Dans les coulisses du livre

J'ai découvert l'existence de Betty Robinson par hasard, en janvier 2019, dans un article du journal *L'Équipe* consacré aux héroïnes du sport.

Son parcours et sa force de caractère m'ont donné envie de mieux la connaître. Pourtant, bien qu'elle ait été la première championne olympique d'athlétisme, il n'existait aucun livre en français sur elle. Je me suis donc tourné vers les livres en anglais. J'y ai découvert un être exceptionnel, lumineux, que j'ai eu envie, à mon tour, de faire connaître aux lecteurs français à travers un livre.

Pour écrire *Une Fille en or,* je me suis appuyé sur deux biographies : *Fire on the Track* de Roseanne Montillo et *The First Lady of Olympic Track* de Joe Gergen. Je suis aussi allé à l'INSEP (Institut national du sport, de l'expertise et de la performance), qui forme les grands champions français, où j'ai lu des livres sur les techniques du sprint dans les années 1920 et 1930. Enfin, pour comprendre ce qui se passe dans la tête d'un sportif de haut niveau, j'ai dévoré trois livres du psychologue du sport Hubert Ripoll : *Le Mental de champions, Le Mental des coachs* et *La Résilience par le sport : surmonter le handicap.*

De nombreux documents, picorés sur Internet, m'ont aidé à imaginer la vie de la sprinteuse : des photos de sa maison et de ses parents, des journaux d'époque sur ses premiers exploits, des vidéos de ses victoires olympiques à Amsterdam et à Berlin, des images de l'avion accidenté et de la championne sur son lit d'hôpital…

J'ai mis ces documents, émouvants témoignages d'une vie d'exception, sur mon site internet :

https://philippe-nessmann.fr/betty-robinson/

Une Fille en or, que j'ai fini d'écrire en janvier 2020, devait initialement paraître en juillet de la même année, à l'occasion des Jeux olympiques de Tokyo. J'ignorais alors qu'un coronavirus sèmerait la mort tout autour du globe, produirait une grave crise économique, pousserait au report des Jeux olympiques et rendrait le combat de Betty Robinson pour retrouver la santé, alors que la Grande Dépression faisait rage, encore plus actuel et exemplaire.

Philippe Nessmann, janvier 2021

Betty Robinson à l'entraînement, en 1928. Elle a seize ans et ne court que depuis quelques mois, mais possède déjà une détermination de grande championne.

Betty, avec le dossard 879, aux Jeux olympiques d'Amsterdam de 1928. Entre sa voisine canadienne et elle, le tout premier titre olympique féminin du 100 mètres se jouera au dixième de seconde...

Table

Composition et mise en pages
Nord Compo à Villeneuve-d'Ascq

Dépôt légal : juin 2021
N° d'édition : L.01EJEN001700.N001
Loi n° 49-956 du 16 juillet 1949
sur les publications destinées à la jeunesse
Achevé d'imprimer en mai 2021 en Espagne par Liberdúplex